我是爱情科代表

王芳 著

凤凰出版传媒集团
江苏文艺出版社
JIANGSU LITERATURE AND ART PUBLISHING HOUSE

图书在版编目（CIP）数据

我是爱情科代表 / 王芳著.—南京：江苏文艺出版社，2010.4
ISBN 978-7-5399-3702-1

Ⅰ.①我…　Ⅱ.①王…　Ⅲ.①情感—通俗读物　Ⅳ.①B842.6-49

中国版本图书馆CIP数据核字（2010）第057162号

上架建议：畅销书 · 情感励志

我是爱情科代表

作　　者：王　芳
责任编辑：刘　霁
策划编辑：应　娜
封面设计：熊　琼
版式设计：风　筝
出版发行：凤凰出版传媒集团
江苏文艺出版社　http://www.jswenyi.com
集团网址：凤凰出版传媒网　http://www.ppm.cn
印　　刷：三河市南阳印刷有限公司
经　　销：新华书店
开　　本：880 × 1230　1/32
印　　张：8
版　　次：2010年5月第1版
印　　次：2010年6月第2次印刷
书　　号：ISBN 978-7-5399-3702-1
定　　价：26.00元

序二 王芳
——平衡力最好的女人

倪萍

王芳：

我很愿意为你写序！知道为什么吗？

我最初认识你，是因为你主持的栏目《谁在说》。这哪是主持啊，简直是在场上玩。一个小女子，领着一帮大人玩，玩得那么自然，那么真实。在栏目里你不那么“显摆”，可栏目又离不开你。

日后熟悉你了，才知道你是这个栏目的“头儿”，是栏目的“魂儿”。哦，难怪，那么有章法！

真正认识你，是咱们开始共事了。

从年龄到体积，小小的你，三个捆起来才有我倪萍这么大，感觉像个孩子。许多时候我看着你工作就感觉那么不忍心。你却像过家家一样地每件事都做得那么认真，那么投入。直到有一天，一个两岁的女儿被你抱在怀里，我这才知道，你已经是一个母亲了。我乐了，孩子生孩子，这是多么让人惊喜的事儿！

我断定你能成事儿。

许多时候，你智慧地在你热爱的事业里变换着不同的角色，小小的你身上散发着母性的光辉。对年长的策划脑袋们，你就像母亲一样温暖着他们，无微不至；对年轻的小编导们，你用姐姐的方式边打巴掌边往他们嘴里填枣。工作有序地进行，日子快乐地打发着。这是平衡力最好的女人。

和你共事的人说你 95% 的时间是在工作。这样的人不成事儿什么样的人成事儿？老天公平啊！

翻了你的书，我吓了一跳，小王芳你还有这根弦！你真的还年轻，还相信爱情，还相信生活。于是我也就明白了，为什么你有一双纯净的眼睛，为什么敢穿得那么少抱着女儿在杂志封面上大笑。

传播者的基本素质是崇尚美好，小王芳做到了。

序二 情商高比智商高重要

李静

有人说，女人不能太明白，明白了就得不到有能力的男人了！

不懂事的时候觉得对，懂事后就觉得特不对！

王芳想写这样一本书，其实就是变相地说自己特明白，哈哈！必须的，我一直觉得，情商高比智商高重要！

王芳的节目很质朴，她在情感节目中分寸到位，证明她的情商很高！是天生的，还是后天锤炼的？要问她自己喽。

我做过类似的节目，最大的感受是不好主持！往往我们很难理解别人的选择，从而粗暴或肤浅地给出一个结论。而明白的女人是包容的、善意的、理解式的访问，你可以不认可，但不能否定别人的选择！

从别人的故事反省自己，如同照镜子，不好看的时候就不照了，但心情不好不代表事实不存在！勇敢的人选择在别人的故事中对号入座！

反省自己，就会获得！生活的观察可以给人带来反思跟提升。

这本书的价值就是看你的心态如何你就会获得多少！

序二 爱最珍贵

沈星

书上说，天秤座的女孩儿是爱美的，也最向往、喜欢平衡的生活。我和王芳都是来自天秤的女子，我们都觉得这是件幸运的事。

许多年前，我们曾经是同事，我叫她王小芳，她叫我沈小星，那时是初出校门的女生，憨憨的脸上笑容天真单纯，觉得生活就像花园里的道路一样，笔直而充满阳光。

至于爱情，更是不用担心的事，天使自然会降临，亲吻我们的额头，因为书上说“……最后，王子和公主会在一起，从此便过着幸福的生活……”

日子一页一页地掀过去，书上的故事还是在书上。长大的我们却发觉，梦想和现实有时候就像河的两岸，遥遥相望却不一定真的能渡过去。

尽管这样，在经过标签写着“童话”的书架时，还是会不自觉地驻足回望。

现在，我和王芳的联系并不多了，但仍经常从我们共同的朋友那里听到她的消息，知道她很忙，忙着管公司，忙着录节目，忙着疼女儿。有时想想她瘦瘦的样子，会觉得心疼，但更多的时候为她高兴，因为我知道这是她“想要的生活”。

两周前，王芳让我给她的新书写点什么，我很高兴，能为老朋友做点事，开心。

她的书名叫《我是爱情科代表》，我很好奇，于是我读她写的故事，很认真地读，读完，又有点惭愧。

“人，在恋爱的时候，喝白开水都能喝出浪漫的卡布奇诺的味道；在失恋的时候，喝卡布奇诺却只感觉到淡如白开水。”

“爱上一个人，就是拉着他的手时心里也还是在想念他。”

我喜欢的不仅仅是她简单干净的文字，更是她那种直面爱情的坦白态度。

爱和被爱的勇气和能力在忙忙碌碌中就像稀薄的香味，有时要很努力才嗅得到，而稍不留意就会消散在空气里，错过了却浑然不知。

爱是一阵风，看不到摸不着，但在拂过脸颊、掀起衣角的时候，我们却能感受到它无时不在，那么，当它来临时，请你，用一个最温柔的微笑迎接它，用最敏感的心感受它，用最最真的态度面对它。

因为，爱最珍贵。

推荐

爱情百味，历久弥新，这个人世间最永恒的话题被王芳写出了一份朴素的真诚。她的所闻所见，透视出大时代里小人物的悲欢跌宕，无奈与不甘，妥协与执著。她的所思所感，传递着寂灭后的希望，彻悟里的重生。这位爱情科代表，以小女人抒写大情怀，让女人的善良与智慧帮助自己的爱情。

——于丹（教授）

人在爱中，基本也等同于人在病中，不敢说王芳是最好的爱情医生，但她绝对是一个称职的爱情科代表。

——赵赵（作家）

敏锐、智慧、聪颖是我认为对王芳丝毫不嫌过分的评价。她虽然从未学过心理学专业理论，却能通过自己细致入微的观察和独到的见解，以一种细腻委婉而又蕴含着极大热忱的情感力量，感染和帮助来到节目的形形色色的人们。每次做节目，我都在心里暗自佩服这个懂生活、懂家庭、懂爱情的女人，她对爱情独到的见解和看法不仅源于本身的智慧和才能，更源于她作为一位情感节目主持人在时间和阅历上的视角积累。

—— 胡邓（心理专家）

目录
CONTENTS

第一章　爱上一个人

012　爱上一个人
014　爱的代价
018　爱是一个人的事？
020　一只小母猫的爱情启示
024　一封情书成就了我的书法
026　老人家娶了小保姆之后
028　一生有你
031　女人这辈子至少要做一次“怨妇”
033　爱情中的女人都有个假想敌
035　女孩与女人的较量
038　最能考验男人是否爱你的七件小事

第二章　聪明女人慢半拍

042　女画家相亲记
044　每个女人都有二十九岁恐慌症
046　聪明女人慢半拍
048　我爱你，女孩别说太多遍
050　小别之后吊胃口
052　爱，需要名分
054　未婚妈妈，孩子是礼物吗？
057　女人要孩子之前要想清楚三件事
059　千万别碰已婚男人
062　什么样的女人可以幸福一生

第三章　让爱情优雅地走吧

066　天使和魔鬼
069　爱情的橡皮筋
072　当爱已成往事
074　记忆破碎
076　让爱情优雅地走吧
079　没有情人的情人节
087　未婚妈妈写给孩子爸爸的一封信
090　未婚男爱上离异女
093　三十五岁的男人网恋之后
097　心走了的男人
099　离婚时男人最无情
101　现代灰姑娘

第四章　爱情中的N个定律

106　为什么姐弟恋中受伤的永远是姐姐
108　“馋”、“黏”、“烦”真的是爱情的魔咒吗?
111　和盛中国老师谈爱情
113　爱情中的 N 个定律
115　相见不如怀念
118　有些话永远不该说
120　爱情中女人易犯的一个错误
122　问“你爱我吗?”说明女人不自信
124　最受欢迎的八句情话
126　女人结婚前需要点冲动
128　成功男人离婚一次相当于破产一次
131　假指甲引发的思考
133　得不到和已失去
135　乔叔的爱情

目录

CONTENTS

第五章 每个女人都喜欢这样的男人

140 为“她”发来的十四条短信
142 每个女人都喜欢这样的男人
144 最易赢得女人芳心的一招
147 男人，浪漫点很重要
149 爱情中千万别偷懒
151 对付女人疑心病的三个妙招
153 最经典的情人节礼物
154 女人都喜欢美化过去的爱情
156 男人对女人和车的几大异同
158 房子，给爱情一个容身之处
160 一个80后男孩的爱情观

第六章 优秀的女人胜在平均分高

164 成功男人喜欢什么样的女孩
166 精品女人的三个“Z”
168 上得厅堂的女人
170 三十岁之前一定要做的十六件事
173 两个人的十二年
177 优秀的女人胜在平均分高
179 给三十岁女人的七点忠告
182 女人花
184 再婚，再珍惜
186 对付变心男人最狠的一招
188 我和婆婆“明争暗斗”的日子
191 和婆婆和平相处的五项原则

第七章 总有一个人最适合你

196 娟子的爱情
198 有钱人怎也苦恼爱情
201 爱是一种习惯
203 失恋的花朵
205 失恋者一定不要做的十一件傻事
207 女人二十七岁最担心自己嫁不出去
209 给“剩女”的九大建议
211 离婚女士如何越嫁越好
214 相亲一定要注意的十个细节
217 三十岁男人相亲三十次之后的感悟
219 总有一个人最适合你
222 纸枷锁

第八章 如果老公是一粒种子

226 婚后大部分女人都是红太狼
228 丈夫和情人
230 80后儿媳遭遇强势婆婆
233 婆媳吵架，中间那个男人有点笨
235 婆家人为什么总成为爱情的杀手
237 如果老公是一粒种子
239 雇人跟踪老公之后
241 女人说离婚其实不想离
243 女人要学会示弱
245 前女友的照片

后记

248 十年

第一章
爱上一个人

爱上一个人，

就是拉着他的手时心里也还是在想念他。

AI SHANG YI GE REN

爱上一个人

爱上一个人，就是拉着他的手时心里也还是在想念他。

爱上一个人，就是半夜突然醒来，然后满脑子都是他，翻来覆去到天明才昏昏睡去，梦中的还是他。

爱上一个人，就是每天装着一个苹果，见到他的时候掏出来，看着他大口大口地吃掉，然后幸福地帮他擦擦嘴。

爱上一个人，就是每次电话响起时，都盼望是他的号码；每次短信发来时，都盼望是他的问候。

爱上一个人，就是早饭时想他吃了吗；中饭时想他吃了吗；晚饭时还想他吃了吗。

爱上一个人，就是每天在包里装上他喜欢的那一款湿纸巾，等到他需要的时候，不经意地递到他的手里，看他因为自己的存在而变得生活简单。

爱上一个人，就是下班后立刻钻到超市里，十三香、葱姜蒜、各类调料买一堆，还有两条鲫鱼，然后回家埋头工作，整整两个小时，任由汗水湿透衣衫，这一切只因为他的一句话——想喝一碗你炖的鱼汤。

爱上一个人，就是他的电话突然打不通了，你就会非常担心，什么事都做不了，只会一遍遍地拨打那个熟悉的号码。

爱上一个人，就是和朋友聊天的时候，一不小心话题就是他，朋友刚打岔，你又转回来，说的还是他。

爱上一个人，就是逛街的时候看的都是适合他的东西，买的都是给他的东西，给他花钱常常不太考虑，给自己买东西却总是比来比去，不舍得花太多钱。

爱上一个人，就是吵架时盼望他先发来道歉的短信，因为你从来都不会真的怪他，只是期待他永远都像最初相识时那样疼你。

爱上一个人，就是在你们相识纪念日那一天，突然拿出一个大本子，里面是你认识他这么久每天为他写的日记和情诗，一句句地读给他，享受他欣赏的目光。

爱上一个人，就是悄悄把自己的照片放在他的钱包里，让他总是可以看到你的身影。

爱上一个人，就是从心里不舍得花他的钱，因为知道他赚钱很辛苦，每次他给你买了礼物，都既开心又生气，生气他乱花钱，甜蜜地生气。

爱上一个人，就是用心记住和他有关的所有日子，相识纪念日、牵手纪念日、拥吻纪念日、他的生日，甚至他爸爸妈妈的生日。

爱上一个人，就是看到一本好书，第一时间推荐给他，因为书中的情节让人感动，想和他一起分享。

爱上一个人，就是经常幻想和他生个孩子。

爱上一个人，就是希望参加他的聚会，希望他身边的朋友认可你的存在，就算是给你们的爱情一个名分吧。

爱上一个人，就是他有困难时，你比他还着急。

爱上一个人，就是会因为一点小事而伤心很久，觉得他没有以前爱你了。

爱上一个人，就是学会了吃醋，学会了小心眼，哪怕他多看其他美女一眼，自己都会觉得心像被刀割了一样，常常忍不住看他的手机和聊天记录，虽然很信任他，但还是想吃醋。

爱上一个人，就是听一首情歌，觉得词就是给自己写的，没事的时候会一遍一遍地听，回味和他在一起的感觉。

爱的代价

我认为，我们这些七十年代出生的人，对感情其实挺含蓄的，下面这个故事让我想起了一首老歌《爱的代价》：也许我偶尔还是会想他，偶尔难免会惦记着他，就当他是个老朋友啊，也让我心疼，也让我牵挂！

十年前，云在一个省电视台做主持人，老北也是，他们是同事，更是朋友。老北是那个电视台最帅的男主持人，能唱好听的情歌，又跟云年龄相仿，所以那时少年不识愁滋味的云常常喜欢待在老北的身边。

那个冬天好冷，真有呵气成冰的感觉，他们经常到宿舍楼下面的火锅店吃涮羊肉，透过热腾腾的水汽，老北说：“丫头，其实你挺美的！”云笑了：“没人说我丑啊！”老北就又安静了，安静地看着云吃涮羊肉。那个瞬间，他的眼神，就像定格照片一样常常闪现在云的梦里。以前云很少吃羊肉，讨厌那种膻膻的味道，是和老北在一起之后，她才学着适应羊肉。因为老北说，云太瘦了，只有羊肉可以养胖她。

云从此爱上了羊肉，体重却十年如一日，从没有胖过。

没事的时候，云和老北喜欢坐在广场的花坛旁聊天，常常会说到未来，老北说，他喜欢自由，想到外面的世界看看，云说，她就喜欢这里，这里是故乡。

那时云住单身宿舍，条件非常艰苦，开始只有一件电器——电视机，是单位统一配的，后来老北送了云第二件电器——电饭煲。老北说，喝粥可以暖胃更可以暖心，自从有了电饭煲之后，他每周末都去云的宿舍展示他的煮粥技术。其实就是普通的白米粥，可是云却喝得津津有味，因为咽下去的还有甜蜜，每次她都喝三大碗。

云喝粥的时候老北通常坐在床边抽烟，有一搭没一搭地和云聊天，有的时候还会给云唱歌，就像《铁道游击队》里刘洪给芳林嫂唱歌的感觉一样，有一次，他唱了《把悲伤留给自己》。“是不是可以牵你的手啊，从来没有这样要求！怕你难过，转身就走，那就这样吧，我会了解的。”歌声中，老北把一只手伸给了云，云知道握住他的手就等于接受了这段感情，犹豫中没敢伸手给他，而是顺手抓来床头的一个芭比娃娃，把芭比的手递给了他。他们俩一人牵着芭比的一只手把那首歌唱完了，然后两人哈哈大笑，用自己的方式掩饰了尴尬。

从那以后，老北再没要求过什么，只是每次送云回宿舍后，都会在楼下抽一支烟再走。透过窗帘看下去，路灯下的他伟岸英俊，云在想，自己慢慢地喜欢他了，甚至盼望再有一次牵手的机会。

还没等云下定决心，老北却要离开那座城市了。

老北要到北京上学，这事全台的人都知道了，除了云。后来在一次同事聚会上，老北向大家宣布他一周后就要走，云一听就蒙了，整个晚上人都是傻傻的，只知道一杯杯地借酒浇愁，后来喝得酩酊大醉，长这么大第一次喝成那样。

再次醒来，已经是第二天的中午。云第一眼就看到老北坐在对面，一脸憔悴，云努力回想昨天发生了什么事，想着想着想明白了，老北要离开了，云哇的一声哭了，哭了很久，一直到哭累了，这期间老北就做了一件事，给她擦眼泪。

等云安静了，老北终于说话了："丫头，我不是不想告诉你要走的事，可是我不知道怎么说好！如果，如果你嫁给我，我就不走了，哪儿都不去了！"

云摇了摇头。

老北说："那你说你喜欢我也可以。"

云还是摇头。

老北向后靠了一下，说："可是你昨天晚上说了，你说你最喜欢的就是我，我只是希望你清醒的时候再说一遍。"

云费了很大的劲挤出一个笑脸，"老北，你的心已经在北京了，我留下你的人又有什么意义？我们以后就是哥们了。"

老北怔了半天，"丫头，那好吧，我走了，你多保重！"

一周后，老北走了，那天很多朋友去车站送行，云也去了，站在很远的地方看着老北和大家道别。突然间，老北看到了她，他从远处冲了过来一把抱住云说："我以为你不理我了，你来了，我真高兴！"身后的同事们看到他们这样哄的一下笑了，云急忙推开他的怀抱，刮了一下他的鼻子说：“好好学习，天天向上啊！”

登车铃响了，老北拉着云的手说：“现在后悔还来得及，如果你让我留下我就不走了！”

云依旧摇了摇头，很坚定地，老北的眼里有了泪光，然后，上车，去北京了。

云一个人哭着从火车站走回宿舍，整夜未眠，然后和老北的合影就被她锁在了柜子里，把她的心、她的记忆、她的留恋一起都锁了起来，云就是这样的女孩，做所有的事情都干净利落，虽然自己心里下了暴风雨。

后来，他们就很少联系了。听说老北从北京的学校毕业后，到了深圳，在一家电视台播新闻，而几年间云的变化也很大，也到了北京，顺利找到了工作，还把自己嫁了出去。

再见面，是五年以后。

老北回北京工作了，而且单位离云的家只有不到一公里，云知道他回来了，毕竟他们有很多共同的朋友，但是云从来没联系过他，也许是在等他的电话。

接到老北电话的那天，阳光灿烂，心情当然也很灿烂，这么多年了，云知道自己一直在等他的电话。

上岛咖啡，老北看上去一点都没老，只是胖了一点，成熟了几分。就这样看着对方，久久，谁都没有开口。老北点燃一支烟，还是五年前爱抽的骆驼牌，烟雾中他开口了：“丫头，还在等我吗？”

云心里最深处的温暖开始升腾，摇了摇头，像五年前一样。

老北说：“可我还在等你，一直如此！”

以上就是云和老北的故事，结果当然就是他们还是成了朋友，但不是特别好的朋友，偶尔会在同事聚会上见到，偶尔会在宜家家居逛的时候碰到，那份情却放在了心底。每当云回忆起青春岁月时，依然会有老北的影子飘来。

爱是一个人的事?

一个女孩，二十七岁，在我的节目中讲述了她的爱情故事。

她大学时代认识、交往了一个男友，虽然她在安徽，他在北京，但感情一直很好，女孩说男孩给了她对爱情的所有向往，那种感觉在多年之后的今天依旧让她觉得温暖无比。

后来大学毕业了，女孩的爸妈为她联系了去澳洲读书。

签证都办理好了，女孩却不想走，为了他，因为她不知道如果离开这个男孩她该怎么活。

澳洲的学校联系好了，机票也买了，分别即将来临，女孩来到了北京，去见他，这么多年他的学校她来过很多次，这次却觉得路程那样遥远，她不知道等待她的是距离的别离还是感情的离别。

那家校门口的餐馆，他们至少来过三十次，那个靠窗户的位置，似乎是专门留给他们的。女孩问他："接下来我们怎么办？"她多么盼望男孩挽留她，多么盼望他说"别走了留下吧"，抑或是说"我和你一起走"。

然而，都没有。

男友沉默良久，“分手吧！”

女孩就这样带着泪水和遗憾走进了首都机场，手里握着那张到澳洲的机票。妈妈爸爸在机场大厅和她挥手告别，目送她过了安检。

看着落地窗外起起落落的飞机，女孩做了一个重大决定，一个可能改变她一生的决定，她返身出了机场，拖着一大包行李留在了北京，留在了这个有他的城市！

她一个人在这个陌生城市开始了漂泊的生活，找工作，找房子，和每一个北漂族一样，该吃的苦都吃了……

即使如此，她也从来都没给他打过电话，她是个矜持的女孩，她说，只要和他生活在一个城市中就可以了，只要她随时都能感觉到空气中有他的味道。

她盼望重逢。

男孩在北京大兴的一所军事学校读书，要读七年，于是她每个周五都会转三次车去他的学校门口，因为那所学校只有这一天允许学生出校门，女孩就期望在这时碰到他。

一年的时间就这样过去了，女孩风雨无阻地倒车去看他，每次她都是三点多到，在门口站两个小时，五点半就找个地方吃饭，然后六点半坐最后一趟车赶回城里，那一年她几乎吃遍了那所学校附近的所有餐馆，每次吃饭的时候，她都在想也许他曾经坐在这里吃饭，这样的幻想一直支撑着她。

缘分也许真的断了，她就是一次都没有再见到过他。

我问她，这些日子是怎么过来的，她说看《一千零一夜》，每天看一个故事，数着天过，到现在已经开始看第二遍了，也就是说，日子已经过去了三年多！

我又问她："你为什么不把自己经历的事情都告诉他呢？哪怕只是一个电话！"

她笑了，随后丢过来一句很经典的话："爱是一个人的事！"

她认为，她享受了爱情的所有过程，期待、盼望、思念，有这些就足够了。

我不知道她的《一千零一夜》还得翻多久，但是，我却觉得爱永远都是两个人的事情！

一只小母猫的爱情启示

小花怀孕了，这个消息让当年十四岁的我非常震惊。在这之前，我甚至都不知道小花是只小母猫。

那一年，我正在紧张地备战中考，满脑子都是做不完的化学题和背不尽的English，每天早出晚归的我放松了警惕，弟弟"见缝插针"，抱养了一只小花猫。

这之前，弟弟提出过很多次要求，想养一只小猫或者小狗，都被我这个大五岁的姐姐"明令禁止"了，我小的时候有点害怕小动物，有一次进楼道，邻居家的小狗冲出来，我尖叫一声，绝对世界级女高音，吓得邻居急忙出来拉回小狗，边走还边说："快走，别让王芳姐姐吓着你！"

要考试那段时间，我忙晕了，家里新添的这只小猫我也糊里糊涂地接受了。

小花怀孕的事我们全家人开始都不知道，我们从来没养过宠物，几乎没有任何经验，只知道每天按时给她喂小鱼，只知道年纪小小的小花越来越胖，只知道小花渐渐地变懒了，不爱运动了。

后来是做客的表弟发现小花怀孕的，他家在乡下，从小和动物摸爬滚打，一来我家就和小花亲得不得了。

“她怀孕了，应该都快生了！”表弟肯定地说。

这个消息让几个小孩像炸了锅一样唧唧喳喳起来：

“她还是个孩子，怎么会怀孕？”

“她肚子里有几只小猫猫？”

“她的丈夫是谁？”

……

知道小花怀孕了，我们立刻开始对它高度关注，很快我们就发现了她孩子父亲的蛛丝马迹：是一只流浪猫，浑身黄毛，很大很大的一只公猫，样子挺吓人，我们叫他大黄，真不知道我家秀气的小花怎么会看上大黄？更不知道大黄是什么时间成为了小花孩子的父亲。我们猜测，很有可能是小花在我们都不在家的时候，跳出了窗外（我家住一楼），然后就早恋了。一般来说，猫猫像小花这个年龄，还不太懂“男欢女爱”呢，所以我们一致认为是大黄把我家小花给带坏了。

大黄对小花还是很关心的，每天都会在我家的窗下喵喵地叫，家里的小花就会立刻跑到窗口回应着大黄，两只猫隔着窗户诉说着思念。我后来怀孕的时候还常常想到这个场面，想当时小花一定很孤独，很需要大黄的安慰，因为毕竟她还是个孩子，我很后悔当时没有放小花出去和大黄幽会，哪怕只是散散步，因为当时我们担心小花随时会生小宝宝，根本不敢让她离开家门半步。

小花生孩子的那天我一直记得。

腊月里的内蒙古，天寒地冻，我们把小花的窝挪到了相对暖和的厨房，在一只箱子里垫了很多棉花，这就是小花的产床了。

腊月二十八，小花就要生了，她躲在箱子里一声接一声地叫着，声音很惨。妈妈坐在小花旁边，轻声地安慰着她，小花叫累了，就趴在那里，好像睡着了。可是妈妈出去倒杯水的工夫，小花又开始大叫，我们走到小花的窝旁，竟然看到小花流泪了。也许是疼痛的泪水，也许是害怕孤单的泪水。

妈妈怕我们人多打扰了小花，把我和弟弟轰到小卧室里。

弟弟那年九岁，看得出来他比我更疼爱小花，紧张得不得了。

“姐，你说小花不会死吧？”

“姐，你说小花生出来的小猫是花的，还是黄毛的？”

“姐，我好担心小花，她一定很疼吧！”

“姐，要是生两只就好了，你一只，我一只……”

小花哭累了，叫累了，终于生出来了。是两只小猫，一只花的，小小的，出生不久就死了；一只黄毛的，像极了它的父亲，比那只花的大两倍。

小花累极了，甜甜地睡着了，那只活下来的小小黄毛就躺在她身边。

可是后来不知道为什么，小小黄毛在三天后也死了。

小花伤心地叫着，叼着已经死去的孩子钻到床底下，怎么叫她也不出来，两三天都不吃东西。后来弟弟好不容易把她弄出来，小花却是闷闷不乐，她把死去的孩子放到了床下的一个空鞋盒里，没事就围着盒子转，常常发出痛苦的哀号。

小花的“产后抑郁症”过了半个多月才好。

我们把那只小小黄毛葬到了院子里的梨树下。

大黄又常常来我家窗下，小花也又开始和大黄一唱一和了。

这份爱情保持了好几年，中间小花常常趁我们不注意跑出去约会，不过走一两天自己就会回来，每次回来小花都脏脏的，饥肠辘辘，我们给她洗澡，然后她会不顾一切地大吃一顿，看得出来，她在外面和大黄的流浪生活一定很苦，已经习惯了饭来张口的小花还不太适应奔波的生活，但我相信，如果大黄找到了吃的东西，一定会先分给小花，因为他爱她。

终于有一天，小花出去了就再也没有回来，弟弟找遍了周围的角角落落，却没见到小花的影子。

小花和大黄私奔了。

不知道小花想不想我们，但是我们想念她，天天念叨小花在的时候我们的快乐生活。

两年以后，妈妈在离家不远的地方看到过一次小花，还有大黄，还有三只小猫，小花还认识妈妈，但是很快就带着孩子们跑了。

从那以后，就再没有小花的任何音讯了。

一只小母猫为了爱情，可以放弃安逸的生活，愿意跟着心上人流浪街头忍饥挨饿。

一只大公猫为了爱情，可以拼命地寻找生计，为了心爱的人踏踏实实跟着他漂泊。

也许，他们是艰辛的。

但是，他们是相爱的。

一封情书成就了我的书法

很小的时候，父亲就对我说过，字如其人，女孩子写字好非常重要。可是学生时代我的字一直写得马马虎虎，或者只能算是比较工整。

父亲字写得棒极了，每年春节，他会给整个单位的同事写对联，我常常站在边上帮他研墨，看着父亲挥毫之间的笔端，真是羡慕死了。于是我也会突发奇想开始练字，每到这时，父亲都帮我准备好笔墨纸砚，而我呢，常常是胡乱写上几笔，心就飞到了操场上，毕竟对于一个小女孩来说，游戏比毛笔的吸引力大多了。

这种情况一直持续到十七岁，收到那封信之前。

上个世纪九十年代初期，书信还是十分流行的通讯方式。这封信叫情书可能有点勉强，因为它只是一封十九岁男孩写给十七岁女孩的表达友谊的信，那个男孩我见过一面，是在到北京夏令营的时候，他属湖北团，我是内蒙团，每天在一起吃饭，但一共没说超过五句话，所以收到他的来信我真的很诧异。

信的内容我现在记得不太清楚了，大致是说他对我印象深刻，感觉很好，希望继续交往等等，但我始终记得也最让我心动的是他的字，感觉像行云流水一般，几乎可与书法家的相媲美。我拿着那封信看了很多遍，惴惴不安地决定给他回一封信。

晚上下了晚自习，大家陆陆续续回宿舍了，我才悄悄拿出那封信，可不能让同学们看见，要不然他们会笑死我的。那个年代，给一个男生写信还是件挺让人不好意思的事。

刚写了一个开头，我便无法下笔了，因为和他的字相比，我写的字就是小学生水平，于是，我也不着急写信了，开始拿出几张草稿纸练字，练好一个写上一个。这封信写了一周，终于写完了，那天正好是周末，我坐公交车回家准备把信寄出去。在路上，我拿出了他给我写的信又看了一遍，然后又拿出我给他的信，相形之下，差距太大，让我实在惭愧、窝火，我一下子把写的信撕了个粉碎，引得车上的人都回头看我，我分明感觉到眼泪都快要流出来了，那是委屈的泪水……

那以后，我开始无比自觉地练字，将近半年的时间，每天早上五点准时起来挥笔写大字。我临的是刘炳森老师的隶书，因为在我看来，隶书是最能体现女孩子阴柔之美的字体。那段时间我像是着了魔一样地爱上了练字，那个男孩的信我也每天带着，它已经不仅仅是一封“情书”了，更是我练字的绝对动力。父亲那么多年的苦口婆心，竟然顶不上一个陌生男孩的来信，现在想来都有些惊奇，不过大约人生有时候就是这样。

回忆到这里，我在想，年轻时的我就是不服输的，而这大约也是成就今天的我的最大原因。

终于有一天，我认为自己的字可以拿出手了，可给男孩写回信的勇气却没有了，想想已经过去半年多了，也许他早已经不记得我了，那就这样吧！于是，在一次和同学去黄河边玩的时候，我把那封信悄悄地折成纸船，放到了水中……

后来我坚持练了两年字，然后就成了班里固定出板报的人，然后就常常有人夸我字写得不错，然后老爸就会和朋友们说：“我女儿字写得好，随我……”

老人家娶了小保姆之后

七十七岁的刘老先生和四十二岁的阿兰从远处走来，老先生颤颤巍巍，阿兰看上去很有耐心。

足足五分钟，他们才从台下走到演播台上，那不到二十米的距离对身体状况不是很好的老先生来说，已经是个挑战。他们的年龄差距是写在脸上的，一个二十岁的女子如果嫁给一个五十岁的男人，可能看上去还不觉得太别扭，但女子到了四十岁时，老先生已经走路都吃力了，这就让人不是很看好这份感情了。

来我们节目，有很多人都是带着情感中的烦恼，我以为他们之间也是有了鸿沟，没想到阿兰一上来就告诉我，她很爱老先生，和老先生在一起已经十三年了，她的内心早已经把老先生当作自己的亲人和爱人了。

再问老先生，他也用有些含糊的语言告诉我，阿兰对他挺好的，吃喝拉撒睡都是人家照顾，比儿子照顾得好多了。他说到阿兰的时候，眼睛里充满了爱意，不是慈爱的那种，是爱情的那种。阿兰很自然地拉着老爷子的手，揉揉捏捏，能想象得出来，生活中的他们可能就是这个样子。

来我们的节目是因为他们和老人家的两个儿子产生了巨大的矛盾，主要问题出在一间房子上。故事还得从头说起：

1996 年，阿兰来北京务工，到了单身的刘老先生身边，那个时候，刘老先生只有六十出头，妻子已经去世了，退休之后更觉得空虚和孤独，阿兰的到来如同一股春风吹进了这个安静的小屋。阿兰人很勤快，又爱唱爱跳，常常把自己扮作小孩子哄老人开心。那个时候，两个人都没有意识到爱情已经开始萌芽。有一次，阿兰从老家回来就一直闷闷不乐，问到最后才知道，家里的丈夫提出和阿兰离婚。这对于阿兰来说是生活中的不幸，但是对于老人家来说倒是件好事，老人安慰了一番阿兰，顺便也表达了自己的心意，当时阿兰并不敢应允，并不只因为年龄，还有很多世俗和偏见——小保姆找了雇主，别人会怎样看？

对此，老人说："阿兰，你放心，只要你把我照顾好，我相信我的儿子们会理解的！"

2003年，老人家在买房之前和阿兰领取了结婚证，老人说这样将来房子就算是夫妻共同财产，等自己去世之后也算是给阿兰一点回报，不管怎么说这个女人在这些年中对自己还是很好的，人到暮年，其实比年轻的时候更需要一份情感。

不知道为什么，结婚的事情老爷子一直没有和儿子们提起，可能也是怕找麻烦吧。两个儿子每周来一次，看到父亲被照顾得很好，还挺庆幸找了个好保姆。

直到2006年父亲生病，病得很重，老人家把两个儿子都叫到了病床前，坦白了家中的这个秘密。此时两个儿子才明白这个昔日的保姆已经升级为继母，从感情上无论如何都接受不了，怒火不点自燃。大儿子说，不是不同意父亲再婚，可是总得和儿女们说一声吧？小儿子说，一个比老父亲小三十多岁的女人愿意嫁给他，一定是有所企图的。

老人家的病很快好起来了，但是家庭大战不断升级，焦点慢慢地转到了这套房子上。两个儿子得知父亲把房子弄成婚后财产了，更觉得阿兰目的不纯，而爸爸是老糊涂了，被灌了迷魂药，怎么可以把自己攒了一辈子钱买的房子给一个农村来的保姆呢？儿子们提出，老父亲身后即便把房子捐给国家，也不能给阿兰。

对于这件事，爱情科代表真的有话要说了：就算这个保姆就是图钱图房子，才嫁给老爷子，可是她也付出了宝贵的青春啊！她进这个家门的时候才三十岁，人生最美丽的十三年给了老人家，而且尽心尽力，这少了做子女的多少麻烦？更重要的是，对于老人家这样的情况，给他一份稳定的情感比给多少钱都重要。

当然，我相信并且确信，老爷子和小保姆是有爱情的，没有感情假装十几年那可真不是件容易的事，哪怕她是最好的演员。

一生有你

朱丽今年三十九岁，爱上了一个二十六岁的小男人，并且为了这段感情离了婚。

朱丽和前夫结婚有十几年了，儿子今年十一岁，认识小男友之前，一家三口过着平凡又普通的日子。朱丽是个喜欢浪漫的女子，可是学理工科的丈夫却从未有过浪漫举动，让她总是有些无奈和落寞。那个时候朱丽心里想的就是："认命吧，这辈子就这样了！下辈子一定要找个懂得浪漫、懂得爱情的男人，重新做一回娇气的小女人。"

然而两年前，小男友的出现打破了平静的一切。

男孩是个理发造型师，店就在朱丽家楼下，朱丽去剪头发的时候认识了他。男孩嘴很甜，而且总是很照顾朱丽的感受，拿一缕头发都会问朱丽有没有不舒服，朱丽喜欢这样被人呵护的感觉。这个男孩看上去挺懂事，而且言谈中朱丽知道他还没有女朋友，于是主动提出给男孩介绍一个女朋友，她的同事，一个和男孩岁数相当的漂亮女孩子。在朱丽的张罗之下，双方见了一面。

见面之后，男孩拒绝了，没有说原因。朱丽倒是觉得两个人很合适，而且女孩也说印象不错，朱丽是个热心人，就经常发短信让那个男孩再考虑考虑。

半个月之后，一次短信聊天中，男孩这样说道："姐，你真的想知道我为什么不喜欢她吗？"

"是的，我想知道！"朱丽回答。

半天那边没有了回音，朱丽正在着急呢，一条打破平静的短信发了过来。

"姐，其实我喜欢你，你的成熟和睿智深深地吸引了我！我知道，你可能觉得我这是说胡话，但是我真的是这样想的，我想了很久不敢说出来，我知道你有家庭，但是不知道为什么，我一闭眼睛就全是你的画面，我发现，我彻底地爱上你了！"朱丽一看蒙了，这可是她从来没有想到的事情，先不说她早有家室，光是年龄差距就让朱丽觉得绝对不可能。

这次，轮到朱丽沉默了。

男孩疯了似的找她，一周后出现在她的办公室，还带来了一束玫瑰，就在见到他的那一刻，朱丽被他坚定的眼神吓着了，就是那种狂热的爱的眼神。女人不论多大年龄，都有浪漫情结，朱丽什么都没有说就送走了男孩子，但她默许了男孩子可以给她发短信。

那一段时间，朱丽很纠结，毕竟有家，这可算是婚外情啊，她不知道自己该如何是好。

而另一方面，朱丽发现自己渐渐深深地爱上了这个小男孩，和他在一起总是那样地快乐和无拘无束，每天早上第一条短信都会是男孩子发来的，“多穿点，冷！”“喝水啊，皮肤干！”“当然皮肤不好也没关系，反正我不嫌弃！”这种感觉是朱丽盼望了很多年而丈夫从来没有给过她的。在家里，丈夫对朱丽几乎是不闻不问，而且他们各睡一个屋子已经三年了。

两个月后，朱丽做了选择，提出了离婚。那个从不浪漫的丈夫在准备离婚的日子里，突然在家里的花瓶里添上了玫瑰，他说，这是纪念已经过去的爱情。只是，对于朱丽来说，浪漫来得有些迟。

离婚之后，朱丽和小男友开始了一段极为甜蜜的爱情旅程。

夜里三点，朱丽想起了街边的冻柿子，男友二话不说，在附近跑了八家水果店才敲醒了一家，买了回来，用凉水拔过，剥了皮，送到她的嘴边。朱丽说，吃到嘴里甜到心里。

在家的日子，朱丽说没有用杯子喝过水，每次小男友都会自己先喝到嘴里，然后才送到她的嘴里。朱丽说，从来不知道吻一个人可以那么久。

小男友做饭洗衣服，把朱丽当作女皇一样。

儿子也认可了这个叔叔，因为，他对儿子非常有耐心，还会把他扛在肩上玩。

朱丽说，有的时候会突然在夜里醒来，紧紧地靠在他的肩膀上，庆幸在三十九岁时上帝给了自己一份炙热的感情。

听朱丽讲这段甜蜜旅程的时候，我开始都有点不敢相信，毕竟十三岁的年龄差距在那里。那个男孩子会永远这样爱她吗？我们的记者随后致电那个男孩子，电话那边的他，斩钉截铁地告诉我们：“是的，我爱她，非常爱……”

朱丽说，小男友曾送给她一首歌《一生有你》，她静静地唱了一遍，我突然觉得，我也爱上了这首歌：

多少人曾爱慕你年轻时的容颜，
可是谁能承受岁月无情的变迁；
多少人曾在你生命中来了又还，
可知一生有你我都陪在你身边……

爱情，大多数都追求天长地久，但是这一辈子，如果从来没有过炽烈的一次，挺遗憾的。也许大家都觉得朱丽扔掉了一个平静的家庭很可惜，但是这个家毕竟曾经不够温暖，不够美好。我为现在的朱丽高兴，不论未来如何，认真爱过的人都是值得尊敬的，当然，我也祝愿他们能够天长地久。

女人这辈子至少要做一次“怨妇”

晚上和几个朋友去KTV唱歌，小娜点了那首网络歌曲《香水有毒》！“你身上有她的香水味，是我鼻子犯的罪，不该嗅到她的美，擦干一切陪你睡……”

我们边唱边笑，觉得这个女人也太傻了，都知道男人另有新欢了，还“擦干一切陪你睡”，实在是不理解。

小娜却说：“这可是很流行的‘怨妇’歌啊，我希望我这一生至少要做一次怨妇，要不多没意思！”小娜生于1984年，比我小近十岁，她的一些观念我经常接受不了，太新潮。

小霞惊讶地说："那么多偶像你不学，偏偏想做怨妇，真不明白你们这些80后！"

小娜回答："这你们就不懂了，做怨妇那是一件幸福的事情。你们想想，你爱一个人爱到无原则，爱到接受他的一切缺点，这种爱一生能有几次？我看也就一次两次，虽然当时是痛苦的，但刻骨铭心的感觉绝对是终身难忘的！"

我们对小娜的观点有了兴趣，干脆把音乐关了，听听"年轻人的高论"。

小娜看我们都聚精会神地看着她，精神头来了："我其实特别不喜欢虚伪的人，不敢爱不敢恨，一生都是平平淡淡地过，到老了，回想这一辈子，一定会觉得感情生活那叫一个索然无味！我觉得女人一辈子至少应该做一次怨妇，爱到骨子里，最好是暗恋一个人，天天幽怨得犹如后宫佳丽，为一个男人吃醋、嫉妒、钩心斗角，多美好的事情！呵呵，你们别傻看着我啊，一定是你们都没有做怨妇的经历吧？没碰到让你死去活来的那个人吧？我也没有，没关系，咱们一起来努力！"

"哈哈……"大家都被小娜的幽默给感染了。

接着我们继续K歌。

回家的路上一直在想小娜的话，在感情上我一直是个很理智的人，从来都不相信轰轰烈烈，老是认为平淡中见真情才是最美的，而且以前我觉得做怨妇也是件很不光彩的事情，现实中也尽量不让自己变成为一个男人天天伤心哭泣的怨妇。

但是有一点，我是同意小娜的，那就是，人一生至少应该狂热地爱一次，不白活一回！这也不排除因为这份爱而把你变成一个怨妇的可能。

爱情中的女人都有个假想敌

老谢是我们单位一个节目的主编，叫他老谢，其实比我还年轻，最近新婚燕尔，人整个胖了一圈，幸福给催的。

有一天我审片子的时候，偶然发现老谢胳膊上青紫一大片，作为爱管闲事的爱情科代表，我立刻“审问”他：“老谢，不会是和媳妇打架了吧，一看你就像挨打的料！”

老谢依旧一脸幸福，“芳姐，眼力不错啊！是被媳妇打的，不过是幸福地挨打！”

嘿，现在这年轻人，被打了还说幸福，一听就知道爱得不浅！

审完片子，我和老谢一起从机房往办公室走，老谢讲了昨晚发生的小插曲：话说深更半夜，老谢同学睡得正香，突然被妻子弄醒，不分青红皂白直接又掐又打，老谢赶紧招架，好不容易劝住了，妻子又开始哭，折腾了半夜，老谢被弄得莫名其妙，没办法，先哄吧，最后妻子才哭着说：“我梦到你和前女友又和好了，你们走了也不理我，我就哭醒了，然后就气不打一处来，你为什么当时对她那么好，我难受，呜呜！”

原来是心生小嫉妒，老谢讲到这儿幸福地笑了，有人吃醋，说明爱得甜蜜。

这样的小醋好像很多人都吃过，虽然对方已经是“过去式”，但女人却总会把爱人的前女友当作是假想敌，有事没事拿出来刺激一下自己，就好比已经胜利的将军，实在没有敌人可打，但是又不想闲着，总得有人比画比画才不寂寞，生活才有滋味，所以就为自己找了个假想敌，也许这“敌人”跟老公早已毫无瓜葛，但是只要心里有这个人，就有了战斗的士气。

其实对于“前女友”这件事，很多男人都不愿意多提及，但是似乎所有的女人都喜欢问。“那时你们怎么认识的啊？”“她对你好吗？给你买过礼物吗？”“你给她做过饭吗？”“你们谁擦地板洗衣服？”问题多得如天上的繁星，男人一次不回答可以，两次三次就难免会不小心说出点来，四五次之后禁不住女孩子的软磨硬泡，把实话都给说了。“那时我对她很好，我出门都牵着她的手，我的尖椒土豆丝就是她教我做的，现在用的钱包还是她送的呢……”

好嘛，这不说还好，说了之后男人的麻烦日子就到了。

两人出门自然牵手，女友可能会突然说：“原来你也是这样牵她手的吧？”然后就不开心了，无论男孩子怎么解释。

到饭店吃饭，点个尖椒土豆丝，女友立刻就会说：“你想她了吧？这是她最爱吃的菜！”然后一顿饭谁也不开心。

男孩子有一天收拾钱包，女友突然冲上来，不管三七二十一，就把钱包从窗户扔了下去，原因是前女友的东西早就该扔了，男孩子肯定生气，拌嘴从此开始。

还有，就是像老谢的遭遇一样，莫名其妙地招架生了气的爱人。

这就是爱情中的女人，总是把他的过去当作是假想敌，和那个影子过不去。如果一个女人从来不在意男人的过去，我想要么她是撒谎，要么她并不是真的爱这个男人。

其实，爱吃醋的女人挺可爱的，只是要学会智慧地吃醋：不要没完没了，不要喋喋不休，不要无理取闹，知道适可而止，心里清楚地知道那只是个过去式，偶尔提一下可以作为生活的调味剂，适度地让自己有个假想敌还可以让你更加珍惜爱情中的胜利果实——身边的这个男人。当然，这一切的前提是你确信那只是个假想敌，而不是真正出现在生活中和你抢老公的她。

女孩与女人的较量

她，二十二岁，青春可爱，时尚漂亮，在一家媒体做记者。

她，三十六岁，还算优雅，还算风韵，在同一家媒体做编辑。

女孩叫冰儿，性格却如火般热情，女人叫秋红，衣着却只有黑和白。

冰儿单身，身边追她的小男孩十个指头都数不过来；秋红也单身，离过婚的她如今绝口不提自己的私生活，在单位里她是谁都不了解的神秘女郎。

就是这样两个截然不同的女人，却在同一时间爱上了他。

他叫刘大为，美国“海龟”，一家广告公司的老总，三十四岁的他比冰儿整整大一轮，比秋红年轻两岁。一次简单的公司之间的聚会让他认识了两位美女，并且在后来的一年半时间里，徘徊于两人之间，一场没有硝烟的爱情战争就这样在两个女人之间展开。

秋红喜欢大为，但是她没有勇气和比自己年轻的男人谈恋爱，所以当大为约她去喝茶时，她竟然不敢去赴约，而当时大为找她其实只是一点工作上的事情。

冰儿也喜欢大为，和身边那些同龄男孩比起来，见多识广、成熟睿智的大为当然更有吸引力，她找了各种接近大为的机会，把公司所有的广告单都收起来每两天给大为送去，刚回国并且感情空白的大为当然不会拒绝漂亮女孩的好感，一个月后，他们正式恋爱了。

冰儿火热的性格给大为带来了久违的快乐，她会深夜三点敲开大为的门，要他陪着看星星；她会捧着 199 朵玫瑰在机场等待出差归来的大为，然后在众人羡慕的目光中深吻爱人；她会带着大为在北京穿胡同，走三个小时去找正宗的“爆肚冯”。

那段时间，大卫真的是快乐的，他甚至动了结婚的念头，可是爱情中不仅仅有甜蜜和快乐。

冰儿的年轻气盛渐渐让大为喘不过气来：她每天都会查大为的手机短信，一看到陌生女性的短信，就会很不开心，有时还会哭闹，甚至半夜三更把大为赶出家门，直到大为认真道歉，一再哄她，冰儿才会露出笑脸。可是没过三天，同样的事情就又会发生！

有一天，大为又被冰儿赶了出来，这次他没有立刻打电话道歉，他真的累了，这已经是这个月的第三次了，原因只是自己中午忘记给冰儿发短信就去开会了，手机放在了抽屉中，结果冰儿打了几次电话都没有找到大为，冰儿就发短信告诉大为不再爱他了，晚上大为匆忙回家，冰儿一个人坐在沙发里哭红了眼睛，接下来就是争吵，最后大为一个人跑了出来，门后是冰儿歇斯底里的声音：“你走，你走了就别再回来！”

大为点了一支烟，一个人走在三环的辅路上，突然想到了秋红，他想问问秋红，冰儿在单位也这样吗？

接到大为的电话，秋红有些意外，虽然心里她一直在盼望大为能再次约她。

一个小时后，秋红和大为坐在了香格里拉的大堂酒吧。

秋红隐约知道大为和冰儿的事情，但她没想到大为约她出来谈的都是冰儿的话题。

“秋红，你帮我劝劝冰儿吧。我是爱她的，可是我受不了她的折腾。”

“秋红，你说冰儿为什么总是不信任我呢？”

“秋红，我真的累了，谈感情真费神！”

秋红就这样听着大为的诉说，心疼得要命，却什么都没说，岁月的打磨早已让她学会了内敛，她真想告诉大为：“我也喜欢你，我信任你，我想和你在一起！”可是，她没有。

那天晚上，秋红开车送大为回母亲那边休息，在路上，大为睡着了，靠在汽车椅子上，睡得很香。秋红没有叫醒她，车里一直开着空调，直到凌晨两点半，大为才睁开眼睛。

“秋红，我走了，谢谢你送我，在你的车里我很放松，你是一个很懂事的女孩！”

秋红笑笑：“我早已不是做女孩的年龄了！”

之后的事情就很简单了，大为回到了冰儿的身边，但是没几天又开始争吵，二十二岁的女孩子还没学会宽容和忍让，也没有学会珍惜，因为她还没有受过挫折。

大为每次和冰儿闹别扭之后，都习惯于去找秋红，而秋红也总是淡淡地等着大为的到来，三十六岁的她早已明白爱情不是一相情愿，不是任性和撒娇就能够拴住的。

渐渐地，大为和秋红在一起的时间越来越多，他喜欢秋红的从容淡定，喜欢秋红的安静忍让，在秋红这里，他才真正觉得放松，虽然秋红没有冰儿的容貌，但是她儒雅的气质也同样让大为欣赏。虽然秋红也在意大为是否专一是否专情，但她知道彼此的尊重和适当的距离才是男人更想要的，而这种欲擒故纵又怎是二十岁小女孩就知道的呢？

一年半以后，大为终于宣布他要结婚了，新娘是秋红。

最难受的是冰儿，她怎么都想不通自己在爱情中会输给大自己十四岁的大姐姐，况且还没有自己漂亮，也没有自己工作成绩好，为什么？她想不通。

这是一个发生在我身边的故事，讲出来是想告诉你，在爱情中，宽容和信任是最重要的。如果你只有二十岁，那么岁月会教给你怎样面对感情和珍惜，听过张惠妹的《剪爱》吗？那句经典的歌词："许多事让泪水洗过更明白"，真是很适合送给年轻的女孩子们。

在爱情中，谁都不可能一次跳级到博士后，成长总是需要代价的。

最能考验男人是否爱你的七件小事

恋爱的时候，我们都想知道一个男人是否真的爱你，是否真的在乎你，我们常常在猜测男人的心思，就如他们也常常在思考我们一样。聪明女人和笨女人的区别就在于聪明女人是用眼睛、用心在观察身边的那个男人，而笨女人则只是用嘴在唠叨这个男人。

既然是观察，那就要认真细致了，发生以下七件事的时候，看他做得到不到位，就能明白他对你的心了：

第一件，遭遇意外小伤后。

比如不小心切菜切了手，比如踩空了摔了一跤，当这样的情况发生的时候我相信哪个男人都会比较在意，爱情科代表提醒你要观察的是事情过了两三天之后他的表现：还能想起来安慰你吗？还会很心疼的样子吗？如果伤口未好他已经把这件事抛到了九霄云外，那么，他的爱更多是在口头上，而不是在心里。

第二件，手机没电前的表现。

出门在外，难免遇到手机没电，这个时候其实最能看出一个男人爱你的程度，如果他真的很在意你的感受，怕你担心、怕你牵挂，就会用仅存的电量打个电话或者发个短信告诉你："手机没电，我在哪里哪里！"或者用朋友的电话打给你，让你放心。如果他手机没电前根本就没有想过你，而你却傻傻地一夜没睡好，这事，似乎就不太靠谱了。

第三件，作决定之前愿意听你的意见。

这个决定包括很多，大到买房子的位置，小到晚上请朋友吃饭去哪里，一个尊重女人意见的男人才是一个懂得爱的男人。而且爱情中的习惯很重要，如果最初他总是能大事小事和你商量，将来结婚了也十分可能会这样。

第四件，对待前女友的态度。

这个其实很难拿捏，每个女人都希望眼前的这个男人是完全属于自己的，可是几乎所有的男人都会对前女友比较友好。有点智慧的男人可能会在心里比较，笨点的男人可能直接就会说出来。对于这事，我觉得他们友好可以，只要不过线就没关系，当然最好要求他不要在你面前提前女友，如果他忍不住经常说，那只能说明他觉得你没有他前女友更适合他。

第五件，对你父母的耐心。

对父母的耐心分为两种，一种是假耐心，看上去客客气气，但是真让他花时间去陪，他就会找借口！另一种是真耐心，就是他心里有你的家人，愿意陪伴他们。记住，陪你家人要比陪你难多了，这个过程是考验的重点。特别是父母身体不好的时候，从他的表现可以看出他到底是不是真的爱你，也爱你的家人，如果爱，他会不怕脏、不怕累，甚至可能比对自己父母都好。

第六件，关心你的身体。

我认为每天清晨发一条短信："天气干燥，多喝点水！"或"天冷，添衣！"比公式化地发"我爱你"更重要。如果没有对你身体的关爱和无微不至的照顾，这爱——差点味道！

第七件，让自己变丑一次，考验他！

我有一个女友，很漂亮，有一次手臂上长了一个白色斑点，医院怀疑是白癜风，那段时间，她的男朋友开始冷落她，最需要安慰的时候没有安慰，让她伤透了心。最终结果是病情只是虚惊一场，但爱情却成为了过去式。如果你愿意，可以有一天邋遢一点去见他，看看他的反应是不是很失望。

以上七件小事，都是生活中常常遇到的，比照一下就知道男人做得够不够好，当然如果第一次没有做好，最好认真地提醒他，男人有时候是有点笨的，但是如果接连几次都没做好，亲爱的姐妹们，就要动脑筋好好想一想啦。

爱情永远就在手边，拿起来还是放下去，要看对面那个人值得你如何去做！

第二章
聪明女人慢半拍

慢慢地给他你的情感、
你的温度、你的爱恋。

女画家相亲记

柳小姐今年三十六岁，至今单身。她非常希望在本命年时把自己嫁出去，可过去的一年她不断地相亲却不断地失败，她说她已经无心工作，每天一睁眼就想着如何把自己嫁出去。

第一次见她我印象特别深刻，淡绿色的开衫、A 字裙，看上去非常优雅。

她是一名美术编辑，月收入一万五千元以上，家庭背景良好，形象也很不错，这样的条件为什么第三个本命年了还待字闺中呢？我们先来听听她最近的六次相亲经历，一起帮她分析分析：

第一位，是我的同行，电视台的一位男主持人，见面之后，两人谈得还不错，但是该主持人比较繁忙，相亲过程中不断接电话，然后要了柳小姐的电话，之后再没有任何联系。柳小姐给的结论是，帅哥不能找，看上去就不安全。

第二位，是某重要领导的秘书。小伙子看上去人不错，长相平平，但可能是职业原因，比较会照顾人，两个人约在一家西餐厅，烛光晚餐，男生不断地给柳小姐夹菜，柳小姐心里挺暖的。彼此感觉都不错，又有过两三次约会，也只是吃吃饭喝喝茶，后来突然有一天就不联系了，柳小姐也不知道为什么。两个月后，听说秘书和一个小学教师结婚了。再后来他们还见过一次，秘书说，不选择柳小姐是因为他的领导看了柳小姐的照片和简历，建议秘书找个再普通点的，说这样的女子男人搞不定。当然，也许这只是一个借口。柳小姐的结论是，有个爱管事的领导很麻烦。

第三位，科研单位的一位研究人员，这回相亲时柳小姐决定放下身段，什么都先听那个男人的，他说坐会就坐一会，他说想走走就出去走走。他们当天的约会就这样走一会坐一会，聊了两个小时，柳小姐一直故作谦和状，几乎没说话。相亲结束，中间人的回话是，那个男人觉得柳小姐看不起他。柳小姐觉得很冤枉。这次相亲的结论是，相亲不能太装。

第四位，白领职员，戴一副黑色宽边眼镜，某名牌大学毕业的他第一次见面就向柳小姐倾诉自己的女上司有多讨厌，总是每天不断地骂人，说他最讨厌的就是女人太强势，最讨厌女人挣得比男人多。柳小姐问他月薪多少，白领男说税后八千。柳小姐说："那就有空再联系吧，我的工资是你的两倍。"

第五位，最有意思，见面才发现是自己的高中同学，根本没可能，要不早就自己联系了。而且这个同学工作普通家庭普通，柳小姐不想找一个现在还在生存线上挣扎的人，辛苦赚来的钱还得帮他养家。

第六位，看上去最有诚意，是一位商人，事业很成功，第一次见面之后就要求见见柳小姐父母，柳小姐也觉得他人好，就请他到家里喝茶，来了之后，看了柳小姐的画室，说"你太有才了，估计我配不上你"，然后就又没有消息了。

不断地相亲，不断地没结果，柳小姐实在想不明白，是自己不够优秀，还是现在的男人太胆小，不敢碰她这样的成功女士？这个问题想得她每天睡不着觉、吃不下饭，什么都不想做，每天睁眼就在想，不知道今天能不能碰到那个有缘的人。见每个男人谈不上几句就会说“我想结婚了”，男人常常是被吓跑的。

柳小姐太想嫁人了，她已经把找到一份爱情当做了和吃饭一样重要的事情，而且这顿饭还最好是鲍鱼鱼翅，家常的吃不习惯。

人生，不管什么年龄，有爱情的时候，就应该尽情享受爱情中的美好；没有爱情的时候，就得先活好自己。爱情往往就在下一个转角处，你平静地走过去，一转弯，也许就能看到你的Mr. Right，而你匆忙地跑过去，很有可能人没有碰到，却由于脚下不稳，摔了一大跤，伤到了自己。

人伤了还好，心伤了可能就需要很久才能缓过来……

每个女人都有二十九岁恐慌症

同事大张最近遭遇女友逼婚，凡说话必谈结婚二字，不得有误，否则分手。

大张的女友我是见过的，常常来办公室看他，不来时也总是一个电话接一个短信，有的时候我们开会，女友电话如期打来，大张会不自觉地眉头一皱，不耐烦地简单说几句，然后挂掉电话，之后总有办公室的女同事和他逗趣：“又追来了，结婚得了！”

大张为这事特别苦恼，甚至都想到我们节目来诉说一下了。

我问他，女友为什么这么着急嫁给他。

大张的回答让我有了写这篇文章的冲动："她今年二十九岁了，她说一定要在三十岁之前把自己嫁掉！"

好像每个女人都有这种二十九岁恐慌症。

二十九岁和十九岁不一样，十九岁的时候很盼望成熟，常常"为赋新词强说愁"，大部分十九岁的女生都很期待自己的二十岁生日，因为二字头了，就可以算成年女孩了，就可以名正言顺地谈恋爱，就可以大大方方去参加交友舞会，而且还可以逃脱爸爸妈妈过多的管束，自由生活了！

二十九岁和三十九岁也不一样，三十九岁时常常已经适应了年龄的变化，相对比较坦然，已经不屑于再去扮可爱，而且这个时候婚姻一般处于稳定期，工作处于高峰期，所以很多女性都是平和开心地进入"四十不惑"。

二十九岁与众不同，哪怕只和三十岁一步之遥，在女人的心里却有一个世纪那么久远。前者是青春和年轻的代言，后者却是优雅和成熟的表现。

我不相信哪个女人在二十九岁时，内心一点点恐慌都没有过，哪怕她没有说过。

我清楚地记得自己二十九岁的时候，口头禅就是"我都奔三的人了"，虽然嘴上说得轻松，可心里其实挺紧张，每天起来都会对着镜子照来照去，每增加一条细小皱纹都会让我惊惶不已，过去经常穿的运动服全塞到了箱底，新买的裙子一件件挤满了衣橱，似乎只有不断买新衣服、拼命做美容，才可以留住即将走远的青春。

那时我常常会想："一到三十岁，我就老了，真可怕啊！"

好在我那时已经成功嫁人，要不然我一定也会很着急，我可不希望婚纱里的自己满脸皱纹。

就这样，珍惜着，紧张着，我的二十九岁还是很快就过去了，三十岁那天，我举办了一个很大的生日宴会，我告诉朋友们，我要开始精彩的三十岁人生了，而那天生日会结束，回家的路上我自己在车里哭得一塌糊涂，一个人在三环路上开车跑了两圈，似乎想追上那些溜走的青春。

奇怪的是，一旦真的到了三十岁，心里反而不紧张了，或者说也就坦然了，该穿穿，该玩玩，一切照旧，漂亮的衣服一件没少穿，脸上的皱纹也没长那么多，所有的朋友都说我现在更美，于是发现，自己对二十九岁恐慌真是没必要，不过是杞人忧天。

后来在节目里，见到很多有二十九岁恐慌症的女子，都是声称一定要把自己的单身结束在二字头里，都说三十以后就老了，我每次都把自己的故事讲给她们听，只是不知道她们认不认同。

大张的女友又来电话了，大张说："她快把我逼疯了，我真的想分手了！"说完直接手机关机。

对男人有时别催得太紧，特别是二十九岁的时候，因为一旦进入而立之年，你就会发现，"风景这边独好"，独一无二的好！

聪明女人慢半拍

最近见到了几对男女朋友在爱情方面的节奏几乎一模一样：男孩

追，女孩迎上，一周之内同居，然后甜蜜一小段时间，再然后男孩厌倦，女孩死抓着不放，最后男孩找到我们节目寻求帮助，口气都很一致，“请帮我把她甩了！”

只看表面现象，大部分人会觉得现在的男孩子喜新厌旧、不负责任，把爱情当儿戏，不过我这个爱情科代表对此却有不同观点，出现这样的问题女孩子至少也应该承担一半责任。

我爬过黄山，一路攀爬了九个多小时，累得实在不行的时候手脚并用，身边的人看我瘦小都劝我坐缆车或者滑竿，可是我没有，一直坚持着爬上了光明顶。后半程已是漆黑的夜晚，一边看着脚下的山路，一边担心别摔了出去，每一步都小心翼翼，每一步都胆战心惊，最后夜里快十点才到了目的地，我已经累晕了，坐在台阶上半天都起不来。如今三年过去了，光明顶的风景早忘了，但那一路的辛苦却始终铭记在心。

讲爬山，是为了说爱情。

任何一段爱情，有高峰就有低谷，我们恋爱的过程其实就像是在爬一座大山，山顶的风景就是两个人的最终结合，攀爬时每个人想的都是山顶的华丽美景，可是一旦你到了山顶，看到眼前景色不过如此甚至有点千篇一律，你就会怀念整个爬山的过程，觉得那才是值得你不断品评和回忆的。快速结合无疑就像是坐上了电缆车，毫不费力气，直接到山顶，可是却错过了一路上的好景色——那些树、那些花、那些奇石、那些云彩……

爱情来临时，谁都无法逃脱，但是恋爱的过程是我们可以选择的。我喜欢这样的恋爱：若干次看电影、逛公园才促成一次牵手的机会，于是珍惜得像宝贝一样，回家躺在床上就不断地回忆那时手指相碰的触电感觉，然后笑着入梦乡，期待着下一次，可是又绝对不敢表达出来，因为我们是女生。再过几个月，才偶然有了一次拥抱的感觉，一点点地前进，一点点地增温，这样的爱情哪怕结束了，过程也是美丽的。这，才真正是在谈恋爱。

现在也许是社会开放了，大家的自我约束能力差了，而享受人生的论调也时常被提起，于是，才有了那么多的“快餐”爱情。

快餐有它的优势，迅速填饱肚子，但是劣势也很明显，不够精致，不足回味。甚至吃完了就立刻忘掉了刚才嘴里的味道。

我觉得爱情的进度其实是掌握在女孩子手里的，如果你能用心想明白爱情中的爬山道理，就应该控制一下爱情的速度，比如他牵你的手了，你轻轻抽回，比如他说到我们家坐坐吧，你一定要摇摇头，要知道你们之间的第一次一定要是美好的，让他惦记惦记再开始，对你只有好处，来得太快了，男人就会觉得猪八戒吃人参果——尝不出滋味。

还有据我了解，很多男生在经历了“快餐”爱情之后都比较后悔，而且会低看那个女孩，“她这么快就同意和我在一起，肯定和别人也一样……”

我爱你，女孩别说太多遍

一段爱情中的激情期最长可以维系多久？如果从科学研究的结果来看是三十六个月，也就是三年的时间。专家说，三十六个月之后，情感就变得复杂起来，有爱情的成分，也有可能转换为亲情或者友情。

每一段感情开启时，我们都期望天长地久，可是在当今这个时代，爱情变得脆弱和不经风雨，如何才能让爱情历久弥新呢？作为爱情科代表，我见过大量的爱情案例，总结之后我认为有个方法不错，那就是——我爱你，女孩别说太多遍。

我们的父辈，感情方面常常比如今的年轻人更加稳固，除了思想观念淳朴之外，和当年开始感情的方式也有很大关系。

那个年代，大家思想保守，从见面到拉手可能得半年的时间，这半年里没有手机可以随时联系，不能见面的时候所有的思念全部在脑海里翻腾，一遍又一遍，那种茶饭不思的挂念是现代年轻人很难感受到的。

从牵手到拥抱，可能又得几个月的时间。

爱慕、渴望、牵挂，积攒到了一定程度，才是结婚，才是日夜拥有。

自很小的时候，我就认为感情是需要过程的，只有过程持久，感情才会持久。而过程短暂的，结束也可能很快。

我有一个好朋友，钻石王老五，大家都会觉得他身边一定美女如云，可是有一次聊起来，他却很苦恼地告诉我，他很难找到真爱，因为他喜欢追求的过程，可每次看上一个女孩子，几乎都不用太过追求就已经拥有了，所以得到后很快就觉得索然无味。当然，他的爱情观我并不赞同，但是他的话还是让我思考了很久。

再讲一个我见过的例子：

一女子和丈夫在一起八年了，却从来没有和丈夫一起沐浴过，也没有一起更衣过，甚至睡觉都习惯穿着袜子，她的理论是：对男人要一点点地给，一次让他吃饱了，他下次就没了胃口。就比如一个女孩子和人家在一起了，很快就“坦诚相见”，最初那个男人可能会很有兴致地欣赏，但很快就会觉得熟视无睹，索然无味，爱情的温度自然也随之下降。

她的话我也思考了很久，觉得很有道理。

爱情中，我们常常变成了施舍者，对方要什么，我们就大方地给什么。

其实如果平时少说“我爱你”，偶尔说一次他就会无比珍惜。当然还有一种更高的境界，就是让男人先说“我爱你”，然后让他急着问你：“亲爱的，你爱我吗？”此时一定要注意，不要立刻回答，故作矜持不告诉他，男人这时反而常常会缠着你，你呢，可以笑着用征询的眼光看着他，就是不回答。慢慢你就会发现这是件很值得回味咂摸的事情：你天天问他爱不爱你，他就变成了敷衍，你不问，他反而比你着急。爱情有的时候就是博弈，谁先出手谁占下风。

物以稀为贵，爱情中，这句话一样有道理，慢慢地给他你的情感、你的温度、你的爱恋，你会收获更长久的爱情！

小别之后吊胃口

每当长假一结束，很多朋友就又都回到工作和生活的城市。恋爱中的人可能由于各种原因没能在一起过，回来后就会准备开始约会啦。如果你是一个聪明的女孩子，一定会明白小别之后的见面是个增进感情的好机会，掌握窍门，也许可以找回最初的激情呢！

其实，两个人相处久了，一切新鲜感、神秘感都荡然无存，尤其是现在的年轻人，相处没多久就开始了同居生活，彼此之间一点距离都没有。所以现在很多男孩子恐婚，因为他们在未婚时代就已经享受了已婚待遇，没有什么可以期盼的，结婚对他们来说只意味着责任和义务。

所以，聪明的女孩子就得学会制造距离。

男人就是这样，你离他远一点，他就会追得认真一点；你热情地扑过去，他反而会躲起来。

假日离别就是制造距离的好机会，当你再见到他的时候，去想一下你们第一次拥抱的感觉——羞涩中带着一点推脱，在最熟悉的拥抱中找寻那久违的矜持，慢慢地热起来会让男生感觉很不一样，他也会和你一样爱上这种新鲜的矜持。

我一直很喜欢“矜持”这两个字，觉得无论情感发展到什么地步，矜持都拥有永恒的魅力。

日子过得久了，我们就变得懒了，特别是情感，总觉得已经这样了，没必要装什么，其实你应该换一种新的思考问题的方式，就当给自己找感觉吧。我相信每个女生都喜欢被人疼爱，永远疼爱，但是男人都是很懒惰的“动物”，食物已经扑到，就只会大口吃掉。所以女生们就要学会吊他的胃口，让他尝到大快朵颐之外的别样味道，让他永远觉得你十足新鲜。

也许你已经习惯了紧紧地抓着他的手的温暖感觉，但我要告诉你，当他习惯性地握着你的手时，偶尔轻轻地抽开，会调动他的爱神经，之后他的手一定会更用劲。

爱情，有时候要有做游戏的精神，设计环节很重要。

爱，需要名分

第一次见她，印象很好，挺文静的，也极有礼貌。

编导告诉我，她遇到了情感困惑，一定要和我聊聊。

给她泡了杯铁观音，她客气地回绝："我经常失眠，不敢喝茶，谢谢您！"

为什么失眠？我们的话题从这里开始：

"我爱上了一个已婚男人，他十年前结婚，孩子六岁。我们是在一个交流会上认识的，我是我们公司的代表，他是他们公司的代表，第一次见面就是唇枪舌剑，对他，当时我没什么感觉。

"我当时二十七岁，还没有男朋友，对男人的追求也不是很敏感，他在见面之后的第三天就打电话给我，当时是工作的事情，我们有个共同的项目要合作，然后我们就开始了一年的频繁接触，也主要都是工作上的事情。他有的时候会和我说起他的儿子和妻子，感觉他过得很幸福，所以我从来没有想过我们俩会怎么样。直到有一天，我们俩为了那个项目到重庆开会，在回来的飞机上，他突然在餐巾纸上写下：'我很喜欢你！'我就是再傻，当时也明白了。

"就这样开始了。我发现自己也的确渐渐爱上他了，一分钟都离不开，开始我们同事都不知道，后来有一次去唱歌，他喝多了，一直趴在我身上，大家也就都知道了，后来我干脆在公司中公开了这事。因为有了感情，他就会偶尔问我，将来怎么办？我从开始就说得很明白，我没打算嫁给他，只是一段纯粹的感情而已！

"在我过生日的时候，他给我买了一个特别大的蛋糕，在我家里，我们俩很幸福地吹蜡烛，结果呢，他突然说：‘你吹蜡烛的样子真可爱，和我儿子有一拼！’我当时就哭了，本来我们俩挺好的生日会，他想的却是他儿子，那天他抱着我说，他真的深爱我，要不他离婚吧！

“说实话，我当时很感动，谁不希望明媒正娶、嫁个自己喜欢的男人啊，可是真到了他准备离婚的时候我才发现这根本不可能，儿子他绝对放不下，他老婆也是个好女人，换位思考，我特别理解她，可是我真的爱他，你说怎么办？

“现在，又过了一年，他离婚似乎不可能了，他的妻子放话出来，愿意就这样过日子，但如果要离婚就要鱼死网破。他混到今天也不容易，我不想让他变成一个不受尊敬的男人。而且在这个过程中，我们之间也开始为了现实中的事情生气了，比如过节他没给我买礼物，我就会觉得他已经不爱我了，我也知道我这样做不对，但是我克制不了自己。最主要的，我还是心疼他，两边他都累，才三十五岁，头发都开始花白了！

“有的时候我也想，要什么名分啊？就这样不是也挺好的嘛！可是我老想要一个孩子，一个我和他的孩子，但是我又没有勇气，我无法面对我的亲人，最重要的是如果没有婚姻，将来孩子是不是会受罪啊？”

她一口气说了很多，说到动情处泪光闪现，作为一个孩子的妈妈，我不知道该说些什么，但是我还是把我的建议给她了：

我认为，即使不要名分，一年可以，十年后女孩子就比较惨了。没有婚姻，一切都不受法律保护。爱，最好是专一的，人心才会踏实。而且真的有了孩子，你就会发现，他的爸爸永远是一个地下爸爸，永远不可能光明正大地带着他去玩。你自己已经在黑暗中生活了这么多年，难道还要一个孩子和你一样心理不平衡吗？

所以，眼下千万不能要孩子，因为孩子不可能拴住他的心，只能拴住你自己。

将来孩子受罪，后悔的是女人，男人可以给点钱就走人，可是孩子的成长不是拿钱就可以换回来的。

爱，有的时候蒙蔽了双眼，以为很美，其实，擦亮眼睛，你会发现一切并不那么美好！

爱，大部分时间需要名分。

未婚妈妈，孩子是礼物吗？

敏去杭州了，去找他，带着儿子星星。

我从来没有见过他，但从敏的嘴里知道他事业有成，是杭州一家洗浴城的董事长，四十二岁，有家室，还有一个女儿！

敏是怎么认识他的，我还真不太清楚，因为敏很会保护他，从来不多说他的情况和他们俩的故事，所以很多事情我也只是猜测。

我和敏以前并不是很熟，但是因为我是第一个发现她怀孕的人，而正好那时我也是个孕妇，所以那段时间共同语言比较多。发现她怀孕那次，是因为朋友们聚会，走时我拿错了手机，都是诺基亚N93，回家用时才发现。

看到的第一条短信内容我现在还记着："宝贝，怀着孩子还挤地铁，我好担心！"一个陌生的号码，我这才意识到手机拿错了，很快敏打来电话说她拿着我的手机。挂了电话我有点晕，什么？什么？敏怀孕了？我这个马大哈怎么一点都没看出来呢？

我们去交换手机的时候一起喝了杯咖啡，那次交谈我明白了敏的处境——她爱上了一个有妇之夫，爱得轰轰烈烈。

她知道他有家，但她不介意，她不要任何名分，只想要一份纯粹的爱情。

有一天，她对他说："我想要一份礼物。"他笑着说："你要什么我都给你。"她依偎在他的怀里说："我想要个孩子，你的孩子。"他没说话，也没回答。过了一周，他郑重地告诉她："我想好了，给你这份礼物。"她高兴极了，然后就有了星星。

敏很早就知道肚子里的是个男孩子，所以起名"星星"，她不想做太阳。她说他给了自己爱情，刻骨铭心的那种，所以她觉得值得为他做一回默默无闻的星星。

接下来的日子我和敏常常见面，说的都是关于孩子的话题，偶尔我不注意大谈老公表现不错时，会突然看到敏落寞的神情，直让人心痛，我便开始说话十分注意。交谈中我知道敏的那位很少来看她，但是联系还是很多的，每天会有一百多条短信，所以，敏挺着大肚子沉浸在幸福中！我相信，那个时间他是很爱她的，一天一百多条，光打字得多长时间啊？没有爱肯定坚持不下来。

在接触中我发现，敏是一个很有才华的女孩，写得一手好字，歌唱得也可以出唱片了，最最重要的是她很善良！我和她探讨过孩子的将来，我问她："他会离婚娶你吗？"敏很坚定地说："我不会让他那样做，他已经给了我很多，我满足了！我知道我和他在一起是不对的，我就更不能让他错上加错了。"

敏看着我不解的目光继续说："我只希望他有空的时候来看看孩子，只希望他常常发短信给我，我从小没人关心，爸妈工作忙几乎没管过我，我太珍惜这种有人爱的感觉了，你不会理解的。"我知道敏是矛盾的，她拥有善良温柔的性格，对身边每个人都很好。过去我一直不太喜欢那些被称作"情人"的女子，但是因为敏，我宽容了很多。

敏一个人在北京度过了怀孕和宝宝出生的那段时间。

我怀孕八个月时，敏的星星出生了，我去医院看她，敏一个人躺在床上，只有一个保姆陪着她，我忍不住问："他没来？"敏笑笑说："只要两情久长时，又岂在朝朝暮暮？""可是现在是特殊时期，他应该来陪你，不管他有什么理由。"我这个直性子一股脑说了出来。敏无奈地笑了一下，没说话，但眼角有泪，我看到了。

那时我就预感，他们的前途不太乐观。这样的爱也许只是昙花一现。

后来和敏的接触中我得知，孩子出生的前三个月，爸爸来过两次，每次都不超过二十四小时！孩子刚刚出生，敏每天就忙着照顾孩子了，甚至忘记他的变化。

有一天，敏在MSN上问我："你老公每天给你打几次电话？"

我说："五六次吧。"

"如果一个男人一周只给他的情人发一条短信，是不是就证明他已经不爱她了？"我看着屏幕上敏敲出的文字，悲从心中来！

敏说："激情过后，连友情都保不住了。"

敏说："孩子出生之后才发现，有很多现实问题我以前从来没想到。"

敏说："情若深，孩子就是锦上添花，情若浅，孩子就是画蛇添足。"

一转眼，孩子已经一百天了，敏带着孩子去找爸爸了，敏希望给这段感情一个说法，爱情中的女人怎么都像秋菊，要了说法又能怎样呢？

昨天敏发来一条短信：见面了，但相见不如怀念！

短短一句话我就明白了一切，从今以后敏就是一个人带着星星生活了，也许那个“他”会给她们娘俩一些生活的基本保障，但对于像敏这样不食人间烟火的女孩子来说，爱情比金钱更重要。

从今以后，敏和星星将相依为命。我有时会自私地想，如果没有星星，敏一定很快可以找一个更好的老公，毕竟她很年轻，也很优秀。

未婚妈妈，孩子是礼物吗？我想，不是！

女人要孩子之前要想清楚三件事

今天录节目来了一位妈妈，女儿十岁，是个聪明可爱又很敏感的孩子。

都是母亲，我们很快聊到了孩子的话题，她立刻眼圈就红了，然后拼命地忍了回去，看得出来她内心非常纠结。

这位女士和丈夫缘分已尽，打算分手，但是因为女儿她比较犹豫，她犹豫的并不是离婚会不会让孩子性格发生变化，而是觉得自己没有能力抚养孩子，所以想放弃孩子的抚养权。

可问题是，孩子的爸爸经常不回家，根本就不管孩子，如果妈妈再不要，那么，这个十岁女孩的前途就令人担忧了。

虽然，这位母亲讲了很多实际的困难，比如自己工作不稳定，带着孩子没办法生活；比如自己还得有新的选择，带着孩子不太自由……

但听来听去，我始终觉得这位母亲比较自私，她想逃避做母亲的责任。

很多新婚的女子都希望有一个和爱人的爱情结晶，这当然是美好的愿望，但是作为爱情科代表，我要和所有的女孩子们说，要孩子之前一定要想清楚以下三件事：

第一，自己是否有能力单独带好孩子。

谁都希望爱情是美好的，渴望从一而终，但是现实生活中总是有很多不尽如人意的事情在发生。特别是在当今这个社会，情感的稳定性越来越差，所以，每一个打算要宝宝的女人都应该想清楚了，我要这个孩子，就要为他负责任，如果有一天，我变成一个人了，我也有能力独立把孩子带大，这样的能力包括经济能力和教育能力。我在得知自己怀孕的时候，想的第一个问题就是这个，虽然那个时候我的家庭很稳定。

第二，能够放弃自由的生活。

孩子一定会给一个家庭带来无限的生机和快乐，但是养育孩子的过程一定是辛苦的，是需要妈妈们耐得住寂寞的。没有孩子之前，工体、三里屯，我绝对是常客，可是宝贝出生之后，我立刻就感觉到了不自由，我已经记不得多久没有去过咖啡馆了，蹦迪更是成为了久远的回忆，现在的生活几乎就是两点一线，家——单位——家。在特别疲惫的时候，虽然真的挺怀念以前那种自由的生活，但是没办法，我已经是妈妈了，就必须要有个妈妈样。所以，如果你还常常觉得自己没有长大，常常觉得没有玩够，那么不妨再等等，迎接孩子必须要做好心理准备。

第三，能够容忍自己变得胖和丑。

我生完孩子之后身材几乎没怎么变，但并不是每一个妈妈都如此幸运，我的好几个朋友都是生过孩子之后体形恢复得很不好，本来很年轻，却添上了“大妈”的气质。而我自己，也由于产后瘦得太快，皮肤松弛，眼角多了很多皱纹，我有一个女朋友，一直没有要孩子，四十岁了，看上去就比较年轻，可能是因为不操心，同时有时间拾掇自己吧。要孩子，就应该想清楚，自己也许会变胖、会变得有点丑，但是没关系，每一个妈妈都是这样过来的，如果自己能稍微注意点，也许生了孩子没老多少，还平添了很多别样的女人魅力呢。

如果你真的打算要个孩子，那么作为过来人，爱情科代表可得劝你记住这三点，然后问问自己，准备好了吗？

后来，我让女孩给她母亲现场写了一封信，告诉她，自己多么担心被妈妈抛弃，自己多么需要她。那个女人哭了，然后哽咽地说：“谢谢你们，我知道我该怎么做了，我就是出去要饭，也要带着女儿，我一定把她养好！”

女儿听了妈妈的话，扑到妈妈的怀里，紧紧地抱着她。

千万别碰已婚男人

芳姐：

请允许我这样称呼你，我也是一名在北大学习过的学生，学的是新闻，我们还算校友吧。一直关注你的博客，关注这个漂亮的妈妈和她可爱的小公主。

我的留言你能看到吗？我想和你说说我的故事，正如很多人说的一样，我其实是一个很理智的人，只是千万不能遇到感情的问题，所以我要和你说的故事是一个感情问题。

简单说，就是我爱上一个已婚男人，在他领取结婚证不到十天的时间，只是当初我并不知道他已婚的事实，他是坦白的，他告诉了我这一切，但是我选择了继续，他也一样。真的，做一个选择很容易，难的是承受这个选择所带来的后果。

忘了告诉你，我们是同事，这期间我经历了他筹办婚礼，还收到了他的请柬，用他的话说单位的同事都发，要是不给我发别人会怀疑的，其实他是顾及到我的感受的，只是面对这样的解释我很无语。像所有人一样我随礼了，这种感觉我无法用言语来形容，呵呵，那天他举办婚礼，我在研究生考试的考场，考的是北大的新闻系，差了二十分没有上线。我和他说了我没有祝福，因为我心不诚。

他会骗我，这是肯定的，因为他连他妻子都会骗，何况是我呢？这我都知道，他也说了他从来不会骗我，因为感情是真的，如果有的话也是善意的谎言，面对这样的话我选择沉默、无语。

朋友说我看电视剧看多了，以为自己只要存在于他的生命中就可以了，哪怕是存在于他的生活之外，开头我就说过，做一个选择不难，难的是承受后果，我很痛苦。

他会为了陪我，欺骗他妻子，于是我在痛苦与快乐之间又多了一份内疚，于是我每天都在这种复杂的感觉中度过。我甚至不敢想我们之间会是什么样的结局，也不知道我想要怎样的结局，有的只是等待，等到他结完婚，等他欺骗他的妻子然后出来陪我，这就是我的生活。

大致就这样，一个很俗的故事，他也曾说过要把这份感情放在心里，大家做好朋友，可是我们都没那样做。

我该怎么办？

其实这样的故事我听过很多，在爱情中我们常常是不理智的，你一定知道爱上这样一个男人的后果是什么，可是你还是爱了，因为当丘比特的神箭瞄准你的时候，想躲开的确很难。

那么你认为他爱你吗？你一定会说“爱”，否则他不会冒着“危险”一次次地和你约会，可是一段不能够公开的感情必然会带给当事人压抑和黑暗的感觉，你常常会生活在一种不稳定、不安全的氛围中，而对于女人来说，安全感往往是最重要的生活指数。

我也挺同情你那个男朋友的，他比你累，一边是新婚的妻子，一边是女友，他两边骗，两边都对不起，总有一天他会觉得承担不起了，我估计他会伤你更狠，因为现在的男人都很明白，离婚的代价有多大，况且他如果想和你在一起，当时就不会娶别人。

一个男人对一个女人最大的褒奖就是娶她。

已婚男人，他常常是吃着碗里的，看着锅里的，两边都想要，两边都不全心。

如果有一天，他的妻子发现了，你就必须承担一切后果，这个时候男人一定比你想的跑得更快。

就算他妻子没有发现，你的心里也会总是带着愧疚，吃饭也不踏实。

我主持情感节目，看到很多婚外情的故事，最后的结果几乎都是女人受伤。

我认为，过正常生活，吃得香，睡得香，做事理直气壮，何乐而不为？所以，已婚男人，千万别碰！

什么样的女人可以幸福一生

什么样的女人可以幸福一生？在回答这个问题之前，我先给你讲一个故事：

一位五十一岁的大姐来到我们节目组，哭诉她从二十岁到五十岁这三十年的不幸福。

丈夫不够爱她，不体贴，三十年的婚姻生活中打闹占大多数时间，甚至吵架之后大姐离家出走三天，丈夫都是不闻不问，让大姐感觉这段婚姻留给她的全是泪水和伤痛。

女儿不够爱她，不懂事，二十九岁的女儿和妈妈常年不沟通，两个人在街上碰面竟然如同陌生人，头都不点一下就擦肩而过。

婆婆家人就更谈不上爱了，记得的全是恨，从第一天嫁到这个家中，和婆婆就是针尖对麦芒，两个女人为了两片面包会争执好几天。在大姐怀孕的日子里，婆婆一天都没有好好照顾过。公公对她亦如此。

大姑姐很强势，和这位弟媳妇动手的经历不下五次，平时更是没有好脸色。

娘家人和她的关系也不算亲密，每次在婆家受了委屈她都不知道该向谁诉苦，妈妈爸爸都只会批评她，她和父母也是经常拌嘴。

同事朋友和她都很疏远，这么多年，她似乎从没有交往到真正的贴心朋友。

这么看来这个女人简直是世界上最不幸的女人，可以说是“四面楚歌”了，这真是典型的不幸福。

那么这样的不幸福是怎样造成的呢？探究一下，我们会发现原因就是那句老话——性格决定命运。

丈夫说，这位妻子非常较真，在她的字典里似乎没有“宽容”这两个字，一点小事可以说上十年；不会倾听，凡事都要先说自己的理由。

女儿说，这位母亲性格暴躁，为一点小事就会怒不可遏，自己从小被她痛打的次数不下百次，所以她现在恨这个母亲。

婆婆已经不在世，很多事情无从考证，但这位大姐自己讲了一件和婆婆的事情很有代表性，说自己怀孕的时候不太舒服，不想吃饭，所以买了面包片，结果婆婆偷拿了两片给大姑姐的孩子吃，还不承认，这件事她和婆婆吵了一周，到现在想起来还生气，而婆婆离开人世已经五年了。

无疑，这个女人如果不改变自己，将会永远不幸福。

她的这些毛病都应该克服，或者说都应该朝反方向走……

较真的反方向就是糊涂，聪明女人都应该糊涂一点，有的时候闭一会眼睛不但可以修心养性，还可以过滤掉不快乐的事情。

多嘴的反方向就是安静，在一个家庭中，学会倾听常常是男人最需要的，特别是婚姻进入了疲惫期，少说几句，就犹如加蜜。

暴躁的反方向就是温和，对丈夫、对孩子、对家人温和、温柔一点，不是要你永远没脾气，而是要你不在小事上生气，不要总生气。

记仇的反方向就是宽容，一个家庭中，总会有很多的磕磕碰碰，过去就过去了，老惦念着只能伤自己又伤对方，何必呢？学会忘记，你才能进步。

所以，懂得宽容、善于倾听、性格温和、难得糊涂的女人常常是可以幸福一生的女人！

第三章
让爱情优雅地走吧

放手，其实是爱他，也是爱自己……

RANG AI QING YOU YA DE ZOU

天使和魔鬼

写下这个题目，是因为某天节目中一个女孩子的爱情故事：

她叫小雪，两年前和相恋三年的男友来到北京打拼。

最初，日子过得很苦，因为两个人的工作都不稳定，每个月赚的钱还不够交房租，于是他们和许多怀揣梦想来北京的年轻人一样，租住在了唐家岭。打工族都把唐家岭称作是“天堂”，这里离城中心并不远，筒子楼很多，物价还便宜，虽然交通环境很差，但是对于刚到北京的年轻人来说已经算是不错的临时住所，一千多块钱就足够每月基本的生活费用了。

最初，小雪和男友租了一间地下室，只有七平米，放了床就没什么空地了，从老家带来的电脑都只能摆在床上。卫生间和厨房都是公用的，早上如果想要痛快地去个洗手间，就必须五点起来，因为一过了五点半，洗手间就开始排长队，门口那么多人等着，谁都不好意思蹲得时间太长。

那个时候，小雪最想要的礼物就是一袋子苹果，因为很久没有吃过水果了，那个冬天他们从没有买过任何水果，除了吃饭他们几乎拿不出多余的一分钱。但是还好，两个人可以依偎在一起，对于小雪来说，这比吃水果重要得多。

艰苦的日子持续了一年。

一年之后，情况有了很大的好转，男友工作稳定了，小雪也到了一家不错的房地产公司工作，两个人的工资加起来怎么也有七八千块钱了，他们租的屋子也由地下搬到了地上，家里客厅的桌上开始出现进口的火龙果还有猕猴桃。小雪觉得，这就是她想要的生活，一切都在朝着梦想的方向发展，小雪在静静地等着男友求婚，然后幸福地生活一辈子。

不过，计划总是赶不上变化。男友越来越忙，常常晚上十二点才回来，和小雪的交流也越来越少，到后来甚至有几次夜不归宿，他告诉小雪的原因是加班，小雪并没有想太多，这么多年了她总是无条件地信任他，因为男友曾经说过，小雪是他的天使，这辈子唯一的天使。

终于有一天，男友摊牌了，他爱上了另外一个女孩，他说，那个女孩才是他真正的天使。

小雪不明白，将近五年的感情啊，为什么说变就变了？为什么男人的天使会有那么多？不是说过自己是唯一吗？

小雪问他："你不是说过我是你唯一的天使吗？"

男友说："那是过去，现在只有一个天使，就是她，不是你，我真的更喜欢她！"

小雪千方百计地找到了那个女孩的电话，虽然她知道这是徒劳。

果然是一次不愉快的谈话，小雪很伤心，那个女孩子一副胜利者的姿态，"他现在爱的是我，你难道看不出来吗？"电话这头，小雪的眼泪不争气地流了一个下午，手里紧紧地握着手机，嘴唇都咬出了血。

但她还是想再努力一下，她恳求男友不要离开。但此时，男友早已经身在曹营心在汉了，冲着小雪喊："我是给你面子，和平分手，你要再纠缠下去，就要变成魔鬼了！"

这一句话点醒了小雪："我曾经是他的天使啊，在同一段爱情中，天使怎么就变成了魔鬼呢？"

小雪走了，带着无限的忧伤！

五个月来，她常常失眠，想着过去的点点滴滴，心里有恨也还有爱，毕竟是一段将近五年的感情。但是，她再也没有给那个男孩子打过电话，因为她不想再被别人说成是魔鬼，这句话深深地伤害了她。

安静了一百多天后，小雪终于觉得自己要走出来了，因为想他的次数越来越少，自己开心的次数越来越多，小雪做好了一切准备，开始新生活。

后来，一天男友突然打电话来："小雪，你还好吗？我想见你，你才是我真正的天使，因为她爱的是我的钱，我离开她了，我发现我心里只爱你一个人，我们结婚吧！"

小雪惊了，握着电话足足有五分钟一句话都说不出来。电话那边还在不断地说："小雪，你答应我吧，你说话啊！小雪？小雪……"

小雪突然笑了，安静地说了一句话："对不起，我现在看你像是魔鬼！请不要再给我打电话。"

后来小雪在我们《选择》节目中认识了一个年龄相当的优秀男孩，听说那个男孩子对她特别好，准备"十一"的时候结婚了。

爱情中，天使和魔鬼只有一步之遥。

爱情的橡皮筋

从单位出来就不太想回家，一直在为节目中的一对嘉宾而揪心，我一直希望自己能够把工作和生活分清楚，不要总是沉浸在那些节目带来的情绪中，但是，似乎总是做不到。

我开着车，直接到了香山边上的二十四小时麦当劳，买了一杯咖啡，回到了车上。我很喜欢在车里窝着，似乎只有这样我才可以完全地安静下来。

白天见了一对夫妻，那个女人迷茫的表情一直停留在我的脑海里，挥之不去：

一对男女，结婚二十年，分居十五年。

女人每天早上四点起床，买菜，择菜，再卖菜，日复一日，年复一年。

丈夫每天八点起床，院子里种着小花小草，过着舒适的惬意生活。

两个人的住地相差只有两公里，女人这么多年来却从来不知道自己的男人住在哪里，因为他不让问，她也就不问。

女人来自农村，总觉得“嫁鸡随鸡，嫁狗随狗”，所以无论丈夫怎样做，她都没有想过离婚。

我问她：“委屈吗？这么多年一个人带着孩子！”

女人眼圈立刻就红了，慢慢地点了点头。

女人说，自己总是想见他。当年两个人是父母包办的婚姻，没怎么恋爱过，第一次见这个男人时她把头低到了胸前，不知道该说什么好。他在城里上学，家境又优越，是全村女孩子都想嫁的人。她不明白他为什么会同意娶她，也许是因为当年家里逼得紧。

结婚之后，女人任劳任怨地在家里照顾老人和孩子，他继续在城里上学，一年只有春节回来一次，每次回家都是和村里的男人们喝酒，喝得醉醉的。女人根本不知道男人在外面的生活是什么样的，男人把她当作影子，有也行没有也行。

女人多么渴望自己能走进这个男人的心里，哪怕一天也行，可是，上天一直没有给她这个机会。

后来男人把她和孩子迁到了城里，买了房子，落了户口，女人以为自己企盼已久的好日子终于要来了，一家人终于可以在一起了。可她万万没有想到，她进城的第一天晚上，他就说："这是你的家，我走了，有事打电话！"她追到门口，望着那个快步离开的黑影失声痛哭。

他一天都没在那个家里住过。

隔壁的一对小夫妻很恩爱，妻子常常可以收到丈夫的花，每次隔着窗户听到传来的谈话声、炒菜声，甚至偶尔的吵架声，女人都会偷偷地掉眼泪，心里想哪怕他回家跟自己天天吵架也好啊！

骨子里她也特别希望能像城里的女人们一样，有人送花，有人点蜡烛，有人爱。但现实生活中这个男人永远都不会给她做这些事。每次见面之前，女人都想好一肚子话，她好想问问他："你在哪里吃饭啊？要不要我帮你洗衣服啊？有空能不能给我打个电话啊……"可是见了他，却一句话也说不出来，因为他紧锁的眉头似乎在告诉她，他不想说话。

男人说："我从来就没有爱过她，从开始到现在。"

男人说："我真的不想见到她，没感觉。"

我反问他："你是在外面有新感情了吧？"

男人没有回答，低下了头，似乎默认了。

内心的天平偏向了女人，我和女人单独谈：“他已经不爱你了，离婚吧，我帮你找律师，尽量多得到一些财产，为了孩子！”

女人说：“不离，我是他的女人！”

那一刻，我突然忍不住泪流，为她的坚持。

爱情就像两个人扯着橡皮筋，死死抓住不放的那个人一定是最后受伤的人，对方哪怕是轻轻地一松手，给你的就是重重的一击！

爱情的橡皮筋理论我想很多人都知道，可是纠缠到自己身上的时候却似乎总也想不明白。

同样地，赵小姐是我前不久见过的一位嘉宾，今年三十一岁，和男朋友在一起已经七年了，也许是七年之痒，也许是审美疲劳，男友提出了分手。

赵小姐非常伤心，她告诉我这七年来她把男友当做生命中的唯一，除了必要的工作以外，她所有的时间都在为这个男人活着！她从来都是把这个男人当做老公一样来对待的，她天天都在期待自己嫁给他。她给他洗衣服做饭收拾家，她帮他打理事业甚至帮他写毕业论文，只要他提出来或者甚至只有一个眼神，她都会不遗余力地去做好，她以为这就是爱的最高境界，爱得没有了自己。

可是男友坚定地提出分手，赵小姐崩溃了，但是还好她没有做太多的挽回和努力，因为我告诉他，一个男人的心走了，十头牛也拉不回来。

放手，其实是爱他，也是爱自己……

当爱已成往事

梅子到北京了，约我去后海吃饭。

不用她说，我都知道她在“茶马古道”，所以，停好车后直奔湖边的这家云南菜馆去了，果然透过落地橱窗，我看到了梅子清秀的侧影。

这家店是梅子最喜欢的北京餐馆，因为老徐是这里的常客。

我叫梅子姐姐，称老徐“姐夫”。

老徐并不是梅子的老公，只是和她相处了六年的情人，也就是说梅子有家，老徐也有家，再说明白点，他们俩是婚外情，都是第三者。

和梅子十年前就认识，她老公是她的初恋，也曾经浪漫过，但婚后就一直不幸福。老公不喜欢工作，四十岁的人了还像个大孩子，整天只知道打电子游戏，梅子就变得很辛苦，这样的家庭只因有孩子才勉强维持。老徐家里情况也差不多，所以他们两人走在一起，并不是一件太让人意外的事。

我一向不赞成婚外有情，但似乎在这个年代这是个再普遍不过的情形了。

时间长了，朋友们似乎觉得梅子和老徐就是天生一对，用那句老话说叫“举案齐眉”，那种恩爱的感觉不亚于十八岁的初恋，我看着都觉得幸福。我劝过梅子：“干脆离婚算了，与其不幸福地凑合，还不如快刀斩乱麻！”梅子笑了：“那不行，我们离婚了孩子怎么办，都快四十岁了，就这样吧。”言语中透出的是无奈和对孩子的责任。

梅子是她们家里的顶梁柱，自己做生意，事业非常顺利，家里的兄弟姐妹包括老公都靠她养着，有什么难事都是她自己去解决，每天忙东跑西，所以难免给人一副女强人的面孔，辛苦极了。只有在老徐这里，她才找回一个小女生的感觉，温柔可人，梅子说，老徐让她有了依靠和安全感。

今天，梅子是一个人请我吃饭，身边的老徐不见了。

我泡了一杯普洱茶，透过昏暗的灯光，看见梅子眼睛哭得通红。

“我和老徐分手了！”梅子淡淡地甩出一句。

“为什么？”有点发苦的普洱茶烫了一下我的喉咙。

“不为什么，终究是要分的！”梅子一句话点中要害。是啊，终究是要分的，毕竟不是夫妻，在一起的日子总是有期限的！

梅子打开了话匣子，讲了他们之间好多的故事。爱情总是美好的，但因为是婚外的一段，或者说是不正常的一段，所以从开始的那一天就注定是悲情的，注定是会结束的。

婚外情无外乎有两个结果：分或者合。这年头为了一段婚外情去离婚的人真的不多，梅子也是这样想的，毕竟，离婚彼此付出的代价都太大，特别是对孩子的伤害让梅子不忍。

于是梅子和老徐说好，没有感情了就分手。可是六年来梅子对老徐的感情与日俱增，老徐对梅子却渐渐淡漠。直到有一天，老徐说：“梅子，我们该结束了！”梅子都没来得及问个为什么，老徐就头也不回地走了。

梅子说，之前想过很多分手的情景，真的来了，才知道受伤更多的是自己，男人可以很快地回归家庭抑或开始下一段感情，女人则不一样，被感情伤了元气，常常很久都不能自拔！

梅子说：“婚外情，真累！”

梅子说：“分手时，真苦！”

梅子说："有时真想和他大闹一场，可自己早已过了不成熟的年龄。"

听着梅子的故事，我心里很不平静，浓浓的普洱茶已经被我们喝掉了三壶。

后来，梅子终于笑了一下，说："我很庆幸没有拿婚姻作感情的赌注，所以现在我还有孩子。"

回家的路上，我一直在想，婚外情，该以什么形式收场呢？也许像梅子这样最好，安静地分手，虽然心里很痛苦，但总算是平和结束。

我的另外一对朋友也是婚外情，结束的时候火暴得很，两人不但打到了对方的家里，还折腾到单位，最后还是各走各的路，想想又何必呢！

所以，我认为，婚外恋，就像一颗禁果，最好不要去碰它，如果已经选择去吃它，就享受那个快乐的过程，同样还要去承担它的副作用。

最后，我还想说，到结束时，最好让暴风雨化作绵绵细雨，哪里来哪里去吧。

记忆破碎

"春节回老家，有个重要的任务就是见初恋男友，八年没见了，不知道他变了没有。"

上面这句话是老同学琴春节前离开北京时告诉我的。

我其实真的想说一句别去见，过去的就让它干净地走吧，我自已就曾经有过见初恋男友的经历，现在还觉得后悔呢。可是听着琴那边兴奋的声音，我确实不好意思打消她的积极性。

琴的初恋男友叫军，也是我俩的同学，他俩从初中阶段就开始“眉来眼去”，绝对属于早恋，当时为了帮助他们保守秘密，我还被我妈妈教育过。

那个年代，谈感情一般都属于“地下工作”，可能正因为如此，两个人都会特别珍惜，恋爱的时间反倒会长一点。琴和军两人恋爱六年，也算是爱情长跑了，可是后来琴到了北京上大学，军在当地早早工作了，是一名交警。距离的遥远、环境的变迁，让两个人不得不流泪分手。

我记得那个时候，琴很痛苦，常常跑到校园的角落里看落叶、听雨声，然后红着眼圈就回来了。我想那段感情一定留给琴很多很多的感触，以至于后来足足有五年，琴都没有开始新的感情。

后来的聚会中，琴和我谈起过军，她说军每年生日都给她寄一束花，百合，是她最喜欢的。可是，分手之后，他们就再没有见过面，也很少联系。

通话拜年的时候，琴说她去见他了，以下是琴给我讲的他们见面的情况：

“我们选在了一家咖啡馆见面，地儿是他挑的，结果他还迟到了，说是领导找他办点事，谁知道呢？大年初一的还有工作！

“一开始还有点别扭，毕竟这么多年没见了，后来也就聊开了。他已经结婚了，孩子都三岁了，是个儿子，我看了照片，长得特别像他！

“他现在是个交警，还是个小头头，工作特别忙，我们坐了两个小时，他至少接了七八个电话。那工作估计应酬也比较多，肚子都长成桶了！

“他说，他还保留着我们当年的照片，上次差点被他老婆撕了，为此还大吵一架……

“后来我们就说再见了，唉！”梅叹了口气说，“见了也觉得没劲，不如不见，还是一份美好的回忆！”

是啊！相见总不如怀念，还可以保留一份美好的回忆。

我记得有一个情感调查：寂寞的情人节如果可以选择，最想和谁一起过。调查结果排在第一位的就是初恋男（女）友，这足以证明几乎所有的人对第一次的情感经历都是刻骨铭心的，还可以证明我们对初恋的那个人总还是惦念着的，可能因为没有得到，可能因为有些遗憾，所以总想找个机会弥补一下，可是你知道吗，这个世界上什么都可以弥补，但感情不行。

所以，过去的干脆就让它走得干净一点，不再留下一点念想。

让爱情优雅地走吧

爱情开始时，很美好！

爱情结束时，很苦恼！

苦恼的原因是想结束的那一方恨不得拔腿就跑，不想结束的那一方却像是拉着一根救命稻草不想放手。两个人的不平衡，导致了长痛，常常痛。

爱情走了很久了，人却走不出来。总在想曾经多么美好，希望一切从头再来，不愿意接受人去楼空的现实，很多年活在自己的回忆中，甚至耽误了终身大事，这样的人不在少数。一个女孩和男朋友分手已经两年了，可是到现在她每天包里还装着当年给男孩子写的爱情日记，每一篇都记录着他们曾经的幸福，甚至每一个字里都有他的味道，一有时间就拿出来，她说这辈子再也不想经历爱情了，因为她已经没有爱的勇气了。

在爱情中，你一定过过所谓的纪念日吧，相识纪念日，牵手纪念日，每一个都像一个仪式，而在分手的时候，你是否意识到应该有个分手仪式呢？

也许你会说，感情都没有了，还搞这些形式主义做什么？

对此，心理专家认为这个仪式还真有必要，从心理学的角度来说，分手应该有个仪式，它是一种阻断式治疗，让人明白这个仪式之后就是各走各的路了，就要开始新生活了，让人从心底接受这个现实。

前不久，我们节目来了一个女孩子，二十九岁，未婚夫突然逃跑了，早上还和她说"我爱你"，晚上就走了，只留下一张字条："我实在承受不了这份感情了，因为我的妈妈不同意我们两人交往，而我真的不知道怎么和你说才好，所以我走了，离开这个城市，走得远远的，别找我，因为我不会再见你。"

女孩不相信这是真的，疯狂地寻找男孩，但是真的杳无音信。手机号码、网上博客、聊天密码，一切都换了。

女孩接受不了这个现实，几次想轻生。她的妈妈看着非常着急，带她来到了我们节目。

现场心理专家听过她的故事，给了她一个治疗方法，就叫分手仪式。

专家让女孩闭着眼睛，想象着这个男人在人海中渐渐地走远，直到看不见踪影，彩色的图像变成了黑白的，大的图像变成了小的，让女孩子不断地说："再见，再见！"心里要想着和他真的分手了！女孩失声痛哭，那几声"再见"让现场所有观众动容。

治疗之后，女孩子平静多了，她通过一个心理历程接受了离别这个现实，她的妈妈很高兴看到她的变化。前不久我再次见到女孩的时候，她的脸上已经有了灿烂的笑容，还说要拜托我帮她找一个新男友呢！

不论你们之间有多大的矛盾，分手时要多想对方的好处，要做得比较有人情味，毕竟曾经真爱过，最好把想流的眼泪都流出来，把想说的祝福话都说了，很多年之后再回忆起来，也许这些也变成了美好的回忆。

分手仪式有很多种，最简单的就是到你们最初认识的地方，要一杯红酒，说声珍重，然后出门各奔东西。

也可以再买一束花，亲手送给对方，告诉他（她）："谢谢你陪我那么久，我会永远记住你！自己照顾好自己！"

点首歌，也是个不错的主意。

但不管什么样的分手仪式，一定要注意，既然想清楚了要分手，就要把话说得坚定一点，哪怕是含着眼泪说的，千万不要模模糊糊，让人还有联想。另外最好不要喝太多酒，酒后人很难自控，也许会节外生枝。

总之，当爱情已经结束，就让它优雅地走吧！让男人记着你一转身的优雅，总比哭闹美丽得多。

没有情人的情人节

黑暗中，英子在枕头边找自己的手机，她想看看几点了，其实不看也知道，因为每天的凌晨三点英子都会醒来，想念他，然后带着思念再睡去。

可是今天，英子一直到五点都没有再睡着。因为一想到他，泪水就禁不住地流下来，是的，英子的确是个多愁善感的女孩，从小就是这样，她会为了一株小草的枯萎、一颗行星的陨落而流泪，更别说为了爱情了。

如果说像英子这样的女孩不相信爱情真是不可思议，可是她以前真的是不相信的。她经历过几次感情，总是轻轻地来，轻轻地走，英子的爱还没激发出来，感情就已经结束了，也许这就是爱情快餐年代带给人们的速度感。所以，年过而立的英子还没对谁说过“我爱你”这三个字，为此她常常嘲笑自己的老土，可是心灵深处她也把这三个字当作了一份承诺，总会碰到相爱的人吧！

其实人到了三十岁对爱情的渴望就少了很多，特别是像英子这样事业发展不错的女孩，每天忙不完的工作、开不完的会已经把她压得喘不过气来，而爱情这种缥缈的东西又哪有高薪水和成就感来得实在？当然这些都是在和高皓接触之前的想法，高皓的出现几乎让英子的世界翻了个天。

认识高皓有快两年的时间了，最初的接触中高皓并没有给英子留下什么特别的印象，只不过因为他们有共同的朋友，所以总能在聚会中碰到，零零星星的接触中英子知道高皓大自己两岁，是个还算成功的商人。商人，是高皓最不喜欢的称谓，可是英子总喜欢说他是商人。

在那个朋友圈子里，还有一个叫静的女孩，传说她是高皓的绯闻女友。当然静和高皓都很回避这个问题，但英子从他们的举手投足之间是看得出来爱意的。爱是谁都掩饰不住的，英子想。

可是有意思的事情发生了，不知从哪一天起，不知是谁约的谁，英子和高皓开始单独聚会，我说的是聚会而不是约会，因为他们谁都没有想到两人之间会日久生情。那个时候，吃饭的时候高皓偶尔会出去接电话，然后一脸尴尬，英子知道，电话线的那端是静，虽然高皓从来没有提起过她，虽然高皓也从来没和英子有过亲密的接触，可是那种尴尬是两个人都能感觉到的。

高皓和英子在一起，最多的时间是在聊天，高皓并不是一个很善言谈的人，和英子在一起，他也是听得多说得少，不说话的时候，两个人就这样傻傻地看着对方。英子认为，两人的眼神里除了友情肯定还有别的，但是她不敢说出哪怕一点点自己的感受，对于感情英子总是含蓄的。

他们几乎天天见面，吃饭、喝茶、泡酒吧，这样的日子真好，仿佛和爱情没什么关系，却又像一块磁铁一样把彼此紧紧地吸附在一起。

夏日的北京总是阴晴不定，那天正在喝茶的他们听到了窗外的暴风雨，也好，反正在屋内听雨也是一件浪漫的事。时间就这样滑向了深夜，可雨似乎并没有停下来的意思，英子得回家了，虽然她并不想走。借了茶馆的雨伞，只有一把，要在大雨中走到停车场，两人不得不靠得很紧，雨太大了，高皓自然地揽着英子往车里走，当高皓的手接触到英子裸露的肩膀时，英子的心像蹦极一样紧张了起来，好在车停得很近。

上车以后，谁都没说话，紧张的不只是英子一个人。

英子发动了引擎，在车的轰鸣中，英子问高皓："我想问个问题。"

"好啊。"

"静是你的女朋友吗？我想听实话。"

高皓可能压根没想到英子会问这个问题，一时竟然沉默。沉默了很久，高皓说："是，但我们正在分手！"

英子一句话都没说，转动了方向盘，到路口，高皓下车了，下车之前两人对视了一眼，谁也没说话。英子一个人在雨里开车，心口堵得很，虽然她早就知道高皓和静的事，可是证实的这一刻，英子却委屈得像个孩子，眼泪就这样不知不觉地落了下来。

这就是英子和高皓的开始，注定要用泪水浇灌的一段感情。

那一夜，英子失眠了，两种声音不断地在耳边徘徊，一边说："高皓和你只是普通朋友，他和静的事关你什么事！"而另一个声音则在说："高皓是因为你才离开静的，不要做这样不道德的事情。"虽然感情中没有什么道德不道德。

接下来，他们的联系一下子少了很多，英子不再给高皓打电话，她给自己安排了太多的工作，希望自己能在疲惫中忘掉那张笑脸。两周过去了，高皓也很少给英子打电话，仿佛两个人都忘记了曾经"红颜知己"的日子。只有英子心里最清楚，她忘不掉，甚至想念，可是现实中的她总是给人一副玩世不恭的快乐女孩形象，她不希望自己的内心世界被人发现，虽然她在暗暗地盼望再次见到高皓。

再接到高皓的短信，英子正在巴黎购物，香榭丽舍大街的繁华遮不住英子沸腾的心。短信不长，但足以让英子感动。"你不在的日子，有点想念！"这个傻瓜，终于知道想念了。英子雀跃地在 Zippo 店里给高皓选择了一款虎头经典打火机，英子不再想考虑太多了，只要他是想念自己的，就足够了。虎，是英子心里认为最适合高皓的动物，威武中有一点点霸道，无论是对感情还是事业。

回到北京英子就接到了高皓的电话："去吃饭吧，我想见你！"

英子想了想，选择了香山脚下的"那家小馆"去见高皓。这是一家官府菜，菜的味道不错，关键是地理位置绝好，内部装饰高贵而淡雅。英子觉得吃饭其实就是吃环境，她选择了角落里的一间包房，里面是要坐在炕上吃饭的，英子喜欢这种盘腿吃饭的感觉，很亲切。

很久没见到高皓了，他看上去瘦了点。

英子有很多话想和高皓说，高皓也一样。两个人就像多年不见的老友一样，谈兴甚高，英子打开手提电脑，给高皓展示在异国他乡的照片，高皓看得很认真，他欣赏英子"行万里路，读万卷书"的人生格言。

电脑只有一个，屏幕并不很大，两人不自觉地靠在了一起，英子突然感觉高皓的气息就在自己的耳边，她不由得脸红心跳，瞥了高皓一眼，没想到高皓也正在看她，那一瞬间，英子的心就像是要跳出来一样。高皓轻轻地握住了英子的手，英子不再敢看高皓的脸了，虽然英子已经三十岁了，可面对这突如其来的爱意，英子真的觉得手足无措。

在回家的路上，高皓再次握住了英子的手，英子轻轻地把手抽了回来，不是拒绝，而是她还没习惯。

在这样的夜晚，失眠的夜晚，英子回忆他们之间的点点滴滴，而这些回忆更让英子觉得失望和伤心，曾经有那样美好的开始啊！英子以为，这就是爱情了，可是如今还不到半年，再去怀念美好已经成为一种奢侈。

“高皓，我的要求并不高，我只要求你像从前一样对我好！”

“英子，我没变，我是像以前一样啊！”

“你变了！”

“我没变！”

这种争辩越来越多地发生在两个人之间，英子是狮子座的女孩，她对爱情的要求至高无上，她希望高皓像她一样无时无刻不在想念对方。女人就是这样，一旦陷入爱情，总是全身心投入。英子其实一直都是个理智的女孩，要不然也不可能这么多年没真正爱过谁。可是遇到高皓以后，英子觉得自己变了，变得多疑而且敏感，一向被称为“工作狂”的她似乎对工作也失去了兴致。可是对于高皓来说，每天都有一大堆的工作等着自己来处理，他不可能有太多的时间来陪伴英子，虽然在他心里，英子也是最重要的。

这种隔阂多了，两个人就都累了。

英子说：“高皓，你去哪里，要提前告诉我啊！”

于是高皓会在每天早上发一条短信：“宝贝，起床了吗？在哪里？”晚上回家之前再发一条：“我回家了，我爱你，晚安！”每天都是一模一样的话，这样让英子都怀疑高皓会不会是存了这两条短信，每天定点发出来。

英子大学时是读英文系的，学文学的女孩总是这样咬文嚼字，她给高皓发的每条消息都具有创造性，甚至常常会有写诗的冲动，可惜的是她每每花半个小时写的“情诗”，高皓只会用“好的”、“谢谢”、“知道了”等简单的语言回复，这让英子很不爽。更让她难受的是，高皓开始不回复她的短信，当然他不是故意的，有时是在开会，有时是在谈事情，高皓以为解释一下，英子不会在意的。

可是，英子已经在意了，而且非常在意。

都说男人喜新厌旧，看来一点不假，英子想，以前他再忙都会把她放在第一位，今非昔比了，而从他们开始真正意义上的约会到现在才五个月。英子记得她问过高皓可不可以给她一个承诺，高皓就带她去吃日本餐，餐馆的名字叫“六百年”，高皓说：“英子，我们会在一起六百年。”英子笑了，很灿烂。

六百年？六个月！英子不明白为什么爱情走得这么快。

英子清楚地记着高皓第一次和她说“我爱你”的那一刻，那天，英子其实是不高兴的，因为白天一个朋友的聚会上，英子去了，高皓去了，静也去了。大家都装作表面无事，其实英子心里还是很紧张的，她和静坐在一起，聊点女孩子的话题——服装、美容之类，突然静回身问高皓：“昨天的电影好看吗？”昨天晚上高皓和朋友去看《史密斯夫妇》，英子是知道的，可是静居然也知道？

晚上，英子和高皓去吃饭，英子真的不希望自己变成一个酸酸的小女生，所以她忍着没说什么，后来要分开了，在车里，英子还是说了：“高皓，既然绯闻女友你还忘不了，我们分手吧！”

高皓抱着英子看了半天说：“你想错了，昨天看电影的时候，她正好打电话来问一件事。”

好简单的解释，英子不信。

沉默。

突然，高皓在黑暗中说：“英子，我爱你！”

英子的泪水像决堤的海一样涌了出来，她也爱高皓，可是，她没有说出来。

已经是三九天了，这个夜晚英子想念当时的感觉，笑不出来，却只想哭，枕巾早已经湿透了，英子也没有感觉到。今天白天发生的事情让英子觉得伤心，非常伤心。其实事情本来很简单，就是英子发短信，高皓没及时回复，这本来没什么，后来英子就赌气说自己生气了，不吃饭了，高皓可能以为英子在开玩笑，也就没当真，一个电话也没打。英子一看自己都绝食了高皓竟然没有一句关心的话，就开始掉眼泪，就觉得委屈，再加上这几天英子一直在发烧，身体非常虚弱，高皓是知道的，所以英子以为自己都这样说了，高皓一定会下了班来看她，可是等来等去，英子只等到一条短信："宝贝，我下班回家了，爱你，晚安！"

英子看着这条短信，不知道该如何回答才好！

她就这样在床上躺着，不知道时间，不知道饥饿，只知道流泪。她觉得自己把眼睛都哭痛了，当然更痛的是心！

黑暗中，她哭着睡着了。

黑暗中，她哭着醒来了！

凌晨，饥饿的感觉终于袭来，英子勉强地爬起来，一整天的哭泣已经让她脆弱不堪。

煮饺子，速冻的，吃得狼吞虎咽。

猛然抬头，英子看到了镜子里的自己，眼睛肿得像桃子一样，想自己这么多年独闯北京，曾经历过事业的重大创伤，那个时候都没哭成这样，身边示爱的男生如走马灯一样多，自己又何必。那一刻，英子想，是该分手的时候了！

既然想清楚了，英子就乐观多了，给自己换了块枕巾，然后一觉睡到上午十点，今天有一个重要的地方要去看看，英子早就想好了的。

这个地方在京城北面，开车要将近一个小时。

嘉峪关长城的停车场里，英子静静地坐着。这一段长城人总是很少，就像五个月前一样少。

往事历历在目：那是一个艳阳天，初秋的北京是一年四季中最美的，那段时间，高皓和英子常常不上班，偷偷跑出来，就是为了说说话，漫无目的地开车转转，然后就不知不觉地到了这里。

“我们去登长城吧！”英子建议。

“好啊！”

那天嘉峪关长城的游人实在少得可怜，可能因为不是周末吧。英子和高皓连跑带颠爬了两个烽火台，然后极目远眺，远处满山红叶，高皓说：“真美！”英子说：“真美！”

在这里，高皓和英子有了第一次亲密接触，他吻了她。

现在想起来，英子还觉得甜蜜的感觉爬上心头！

英子在停车场坐了两个小时。其间，还睡了一小会，然后她觉得自己平静多了。她来这里，就是想怀念一下这里的味道，给自己即将结束的感情画上一个圆满的句号。高皓的短信来了：“你在哪里，为什么不回我的短信？”

“为什么？”英子冷笑，“你可以这样做，我为什么不可以。”想归想，英子并没有说一句话，这种时候，英子又恢复了平日的冷静，她知道沉默有的时候很重要。

“高皓，我们周五见面吧！”从长城回来的英子打电话给高皓，她觉得事情总得有个解决的时候，她不想让自己变成一个小怨妇，毕竟生活中还有很多美好的事情。

星期五的中午，英子订了“那家小馆”的雅间，一早坐在那里，回忆着和高皓之间的点点滴滴，听着MP3等待着高皓的到来。

高皓来了，英子笑脸相迎，一顿饭吃得有滋有味，英子成熟起来就是这样，很沉得住气。迟钝的高皓也没感觉出来什么，只是在买单的时候，高皓发现账已经结过了。发票下面还有一张英子的便条：“高皓，今年，注定又是一个没有情人的情人节！”

高皓追了出去，却只看到英子那辆凯美瑞的背影……

未婚妈妈写给孩子爸爸的一封信

小黎是我过去的同事，未婚妈妈，孩子比我女儿小四个月。我是一个月前才知道她是未婚妈妈的，之后就经常在MSN上聊关于孩子和感情的事情。她曾经以为一个孩子可以留住一个男人的心，可是，那个无情的他还是走了，头也不回。昨天，她发给我这封信，是她寄给他的最后一封信，看过之后，我难受了很久，经她同意，我把这封信发表出来，请读读一个未婚妈妈的绝望……

记不清这是第几次给你写信了，但是可以肯定的是，以后写的机会不多了。

今天我选择了用电脑敲字，因为我用笔写的东西只给我最尊重的人。写这封信是因为有两个问题想说一下，现在还有说的欲望，可能再过一段时间，我连说的气力和想法都没有了。

第一个问题是想告诉你为什么我离开你会如此痛心。

去年的八月份，有一天我们俩从吉野家吃完饭往车里走，谈到你的妻，你突然说："其实你和她一样，都是妻！"可能你早已经忘记自己说的话了，但是我记得，当时特别震撼，那天晚上我躺在床上幸福得一塌糊涂，暗自发誓，这一生无论将来会怎么样，我都不会背叛你。我可以不要任何名分，等到我们老了的时候，一个老头一个老太太回忆当年的故事挺好的。当然我当时绝没有想到你会抛弃我。

既然你说都是妻，我想你对她一定不会说扔掉就扔掉，因为你知道她没有你就没有了一切，而我不一样，我当时还有事业还有朋友（我的这个女朋友曾经是某知名杂志的主编助理）。可是你也应该知道，我对你的情感依赖不比她少一点，甚至比她还多，如果说她是一无所有地跟着你，有名有分地跟着你，那我就是拿着我的一切跟着你，还没名没分地跟着，我想，我的勇气比她大，这也是我为什么很久都没有走出来的一个重要原因。

今天说这些，我都是非常心平气和的，只是想把有些话说出来而已，没有任何目的。

第二个问题想说说儿子，我想，一个女人对一个男人最大的爱和勇气就是为他生一个孩子，我不想说我当时下了多大的决心，但是可以认真地告诉你，当时决定把他生下来就是因为你说你会爱我一辈子，你说你特别想要这个孩子。我以为，他将成为你和我之间最大的一条纽带，没想到你其实并不爱他。

我总是和你有意无意地谈起儿子，他的每一点变化，不过看起来你好像并不太感兴趣。你给他买过两身衣服，其中有一件我很喜欢，几乎天天给儿子穿，现在都已经短了一寸了，可是我还是要求他穿着，似乎这样就可以让年幼的他感受到你些许的爱。

但是随着时间的推移，我渐渐觉得，没有必要再索求你的爱了。

我说这些话都不是没有道理的，我记得上一次，在我们联系中那最后的短信里我说："很想让你见见他呢！"你的回答是："呵呵，我到家了，明天再说！"然后，就是明天的明天的明天，你消失了，这件事才真是伤到我的最心底了，没想到你这样不在乎他、不想见他。

分开有两个月了，这两个月我的心理历程是这样的：

最初对你全部是恨，真的希望永远不再见你，然后有了些联系，我就傻傻地"回心转意"，以为当时的你还是想念我的，我们还是有感情的，所以就去见了你。

那天吃饭感觉还不错，一点都没觉得你已经不是我的了。可能正是这些表象让我有了错觉，就问了你一个很傻的问题："我们将来怎么相处？"你的回答是，重新开始或者继续保持。我的心又软了，我以为你还是你，甚至开始憧憬我们的幸福生活。

谁知道没过几天，你又反悔了，说只是想和我做最普通的朋友。

我知道你不想和我弄僵了源于你的处世风格——多个朋友总比多个敌人强，和情感没有任何关系，我不相信一个不负责任的男人还在乎什么情感。但是我讨厌你的暧昧表态，爱就是爱，不爱就是不爱，不要总在中间模棱两可地忽悠我，又逃避责任又想做好人，有点想用"虚伪"这两个字描述你！

我也想告诉你我曾经有过和你做普通朋友的想法，是因为我觉得这可能是你对我最后的一个要求了，我尽量满足吧，但是后来我发现我自己受不了，所以我才决定再也不理你。

呵呵，好了，这是最后一次给你写信，每一句都是我的心里话。

请认真读两遍之后烧掉，谢谢！

也许，生活就是这样，有灿烂的阳光就有阴霾的乌云，把这封信放在这里，就是想告诉大家，小黎为自己的选择付出了代价，虽然她没有说出来，但是我能感觉到她的悔恨与痛心，爱情是一件自私的雨衣，只能给一个人穿上，那种不愿意给你名分的爱永远都不要相信，因为最后喝苦水的大多是女人！

祝福小黎，愿她未来的日子找到幸福。

未婚男爱上离异女

小石绝对算得上钻石王老五——名牌大学硕士毕业，今年三十岁，在北京、上海都有房产，月薪数万，家中独子，光这些条件放在这里就够许多女子青睐了，更何况他还不丑也不矮，条件这么好的未婚男人实在不多见。

就是这样一位成功男士，竟然在结婚三个月后被新婚妻子生生给甩了，而且，这次婚姻还是他前妻的第二次婚姻。这究竟是怎么一回事呢？

我在见到小石之前，先拿到了他写的情感分析报告，厚厚的一沓纸，放眼看去都是表格、图表之类，仔细一看不禁哑然。这是一个理工科的男生用最理性的方式分析的一段感情，其中用了不少“绝对值”、“系数”、“产值”等字眼，说实话，我这个学文科的人真没看懂。

但是可以看出来小石是个严谨的男人，光是这样的报告估计就得写上一个月，而且是刚分手时写的。我真不知道当一段感情过去后，一个男人一点点地回忆细节，做理性分析，是怎样一件往伤口上撒盐的事。

小石的妻子，不对，应该叫前妻，和他恋爱两年、交往一年的时候，女孩告诉小石自己之前曾经有过一段婚姻，小石一听就爆炸了，自己从来没结过婚，也从来没有心理准备去娶一个有婚史的女子。那一夜，小石喝得酩酊大醉，在马路上睡了半夜。后来那个女孩子找到了他，把他送到了医院。第二天，小石一睁眼，首先看到的就是那个女孩子哭红的眼睛，小石想，算了，就是她了！

现在的人对待生活的态度早已宽容很多，再者，未婚男子爱上离异女子也不是什么不可以接受的事情。可能小石的父母也是这样想的，所以对这门婚事也渐渐从不支持变成了不反对。

于是去年春节前，在女孩的强烈要求下，小石和她在北京的朝阳区领取了那一纸证书。学理工科的小石就认为自己这一辈子都要和这个女人过了，一门心思地开始经营他们的小家。

小石的工作性质决定了他一个月里有半个月要在外地出差，所以每次回到北京，他都会尽量不出门，在家里做“家庭主夫”，洗碗扫地、出门遛狗，这些都是他的分内活，分外活就是给丈母娘买衣服、给老婆当司机。即使这样，小石也觉得挺幸福的，毕竟活了三十岁，总算是结婚了、有家了。从结婚的那一天开始，小石就把自己赚的所有钱全部都交给了老婆，就如同把自己的心交给她时一样。

他们准备“五一”办酒宴，小石是家中的独子，爸妈请了很多朋友来参加婚宴。

当一切看上去很幸福的时候，一件意外的事情发生了……

四月初，小石出差回家，因为琐事和妻子拌嘴，妻子提出分手，小石没当回事。因为两个人吵架是常事，也不可能真的说分就分，而且都准备结婚了，那可不是开玩笑的事。

可是就在一周后，女孩坚定地要求办理离婚手续，并且很快地搬回娘家住了。从那天开始，小石再想见到她就不容易了，丈母娘的脸也变得很快，按说老人家一般都是劝和不劝分的呀，这个家庭真奇怪！

没有纷杂的过程，女孩的坚定让小石非常痛苦，但他还是同意了，因为无论是工作中还是生活中，自己都是个雷厉风行的人，只是他不明白这一切为什么来得如此突然。

我理解小石当时所经历的痛苦，孤独、被骗、退酒席、和亲人解释，这一切纠缠在一起。所以他什么都做不下去，只好把自己闷在家里写“情感分析报告”！那些图表，那些曲线，无不代表着自己的愤懑。

女孩走的时候说：“你要是个男人，就不要再来打扰我，我的上一任丈夫就很无聊，都离婚了，还老来纠缠我！”

小石做过努力，毕竟这是一段婚姻而不只是一段恋情，但是当他发短信给女孩的时候，女孩竟然说：“请不要打扰我，你再发一个短信给我，我就去告你骚扰我。”

小石无奈并且伤心……

四个月后，小石终于从这段感情中走了出来。坐在我对面的他阳光帅气，我问他怎么想开的？他告诉我，一周前，他从女孩的女友那里得知了一个消息，前妻是有了新男友才打算和他分手的，而且新男友家底殷实，比他这个“牛奋男”的生活条件好多了，他们已经准备结婚了，而且去三亚拍摄了结婚照。

小石说，听到这个消息，自己释然了。因为他也曾经和那个女孩子去三亚拍过结婚照，这次这个女孩又选择了那里，说明她连对自己起码的尊重都没有了，这样的女孩走了也好！

其实真的挺好，一个女人老是拿物质条件去衡量爱情，早晚都会走。

我倒是建议那份厚厚的“情感分析报告”小石一定要留好，那是对青春的一份回忆，很宝贵的一份回忆。

三十五岁的男人网恋之后

那天打开博客，我看到了红儿的留言：“王芳你好，一直以来都把你当作自己的贴心人，虽然你不认识我，但我还是想和你说一件自己遇到的烦心事，我老公最近网恋了，爱得死去活来，竟然从家里搬了出去，我十分伤心，希望你给我出出主意！”

我不知道自己能否给她出正确的主意，但我知道她一定很痛苦，所以我第一时间按照她留下的电话打了过去，电话那边非常嘈杂，红儿很高兴接到我的电话，她告诉我现在在一家商场打工，得赚钱养孩子，但是单位要求工作时间不能接电话，所以她跑到楼梯间和我说话。

我和她约定第二天见面。

红儿比我想象的还要朴素，说话声音也很小，不太像一个在北京生活了近十年的打工者。

我说请她吃饭，红儿说肯德基就挺好的。我们简单点了些食物，喝了一杯茶，就在那儿坐了三个小时，后来因为我家宝宝饿了，才不得不离开。

几个小时的聊天，我大概了解了红儿的故事：

红儿的家在扬州附近的一个村子里，和老公是一个地方的。当年，二十岁的红儿像村子里其他的姑娘一样，由媒人介绍认识了刚从部队转业的军，前后只见过两次，就由双方父母做主嫁给了二十一岁的军，第二年有了一个儿子。

红儿说自己和军是初恋。她当年怀孕的时候老公在北京打工，红儿一个人在老家等待生产，那是一个秋收的季节，她挺着大肚子和公婆一起下地劳动（当地的农民都是这样的，孕妇和普通人一样需要劳动）。军不在身边，那个时候也没有电话，每个月只能等他写信回来。红儿会把每封信都读上几十遍，还不敢让婆婆看到，要不婆婆会说红儿不务正业。那些信是红儿心里最大的支撑，她说那个时候她知道什么叫爱情。红儿一直劳动到生宝宝的那一天，从地里回来就破水了，然后就进了县城医院。

我能想象到一片麦地里一个孕妇挺着肚子秋收的景象，心里莫名地难受了一下，城里的女孩子怀孕了几乎是养尊处优的，走路都得让人扶，人真是生来不同则命运不同啊！

儿子出生后，红儿回到北京，正式开始了他们的北漂生活。

她做过导购，做过服务员，还做过保洁，用红儿的话说，北京人不愿意做的活她都做过了。

那些日子孩子小，红儿和军特别辛苦，一边带孩子一边打工，很累但也很快乐。每天晚上没有地方洗澡，擦擦身子就算不错，条件虽然苦，但是依偎在军的怀抱里，红儿依然觉得很幸福。看着孩子一天天长大上学了，看着存折上的钱终于突破五位数了，红儿发现自己离梦想的幸福生活越来越近了。

风平浪静也许意味着更大的风浪即将来临，这话一点也没错。

当红儿发现老公回家越来越晚时，事情已经不可挽回。

军有了一段婚外情。

红儿说："我知道婚外情在北京很多，但做梦也没想到会发生在自己老公的身上。"

而让我觉得不可思议的是，军一点都没有隐瞒私情，他说在网上认识一个女孩子，都不知道人家姓什么叫什么，在哪里工作，就爱得死去活来、不可自拔，这一切他很坦白地告诉了红儿，这个扬州男人简直比东北男人还直率。

红儿一听这消息就如五雷轰顶，太不可思议了。更让她没想到的是，军一周后搬了出去，走时告诉红儿："婚是一定要离的，你想好了找我吧，我们已经没有感情了，何必凑合？"红儿不敢相信这话会从一个陪她经历了若干苦难的男人嘴里说出来，红儿不相信军会不管儿子。儿子曾经是军的宝贝疙瘩，他在北京受了那么多苦，却从来没苦过孩子，而现在，为了一段虚无缥缈的网恋，军竟然就如此义无反顾地走了。

红儿说，军走了，家里一切都乱了套。孩子每天夜里哭醒，要找爸爸，哭得很惨，红儿只有陪着儿子哭。红儿说，只要军回来，给孩子一个正常的家，她能原谅军的一切所作所为，她真的心疼孩子。

我问红儿："如果军回来了，你内心真的能原谅他吗？你能做到永远不提这件事吗？就像它没有发生过一样！你认真想想再回答。"

红儿良久没有说话。

肯德基的纸杯在红儿手里捏变了形，红儿忍了很久的眼泪噼噼啪啪地掉了下来，我知道，她内心太受煎熬，那一刻，我也想哭。

红儿叹了口气："我现在只想给孩子一个完整的家，别的没想！"

时间过得很快，我得走了，我对红儿说："你现在必须自己面对生活，并且做好自己把孩子带大的准备，自己过得好非常重要。"

红儿带着哭红的眼睛送我出来。

我的车已经开到路边，我从后视镜里看到红儿依旧站在那里，一动不动。

回家的路上我心里真的不舒服。我们都盼望爱情天长地久，可是现实中爱情就是那么不堪一击，一段网恋我以为不会太长久，我甚至希望军能看到这篇文章，我不想指责谁，只想说，有些东西你真的应该珍惜。

而且我经过仔细分析，发现军一定是个单纯的男人，想想这世界有谁会因为一段网恋而赌上家庭呢？只有那些从来没有出过轨的男人才会格外认真，只是这种认真八成都没有幸福的结果。

两天后，收到红儿的短信："这男人一旦变了心就什么都可以扔下，他彻底走了！"

他们的故事我知道结局了。

我回复红儿："一个人的日子虽然很苦，但我知道你是一个好妈妈，塞翁失马，焉知非福？相信明天一定会更好！"

心走了的男人

一对结婚二十五年的夫妻来到我们的节目中，妻子坚持离婚，丈夫很是犹豫。

离婚的原因很简单，丈夫有了外遇。

对于这一点，这个丈夫还算是坦诚，没隐瞒什么地承认了："我是有一个女朋友，关系很好，她有家，但是对我很好，比我老婆对我好。再说了，我有外遇的主要原因就是我妻子老是拒绝我，我们之前三年都没有夫妻生活了。"

我不知道这个理由是否可以成为他到外面花心的理由，但是他说得很诚恳的样子，看上去不像个完全坏的男人。

妻子一直在哭，她其实早就知道婚外那个女人的存在，但是她一定没有想到丈夫会毫不隐瞒地把这些讲出来，我可以看得出来，这个女人受了很大的委屈，毕竟嫁给这个男人已经二十五年了，自己每天忙来忙去地工作，真的没想到丈夫竟然因为那个原因而出去找情人。

在节目中，妻子说想离婚。

做了这么长时间的情感节目，我一眼就可以看得出来她一定不是真的想离婚，她那样地盼望丈夫回心转意，可是，每个女人在情感中都自尊得不得了，怎能说出挽留的话语？

于是我和几位心理专家都去规劝妻子，给丈夫一个机会，毕竟这是一个存在了二十五年的家，两个人还共同拥有一家公司。丈夫在录制节目之前也一再表示不想离婚，因为他不想变成穷光蛋。

录制过程中丈夫不止一次地悔过，而且还发誓，只要妻子原谅自己，以后绝对不和那个女友再有任何瓜葛。当时一位心理专家就提醒我，认错认得这么快的男人显得有点不真实，而我常常会把人想得比较善良，我觉得既然两个人都不想离婚，那就好好回家过日子吧。

节目录制了三个小时，在我们多位专家的努力下，两个人牵着手走出了演播室，我以为这是一个挺完美的结局。

没想到的是，两天之后，一位当时在现场的心理专家打电话给我："王芳啊，我今天去超市，竟然碰到了那天那位当事人，他搂着另外一个女人，他不是说好了回家好好过日子吗？"

我心里一惊，"您会不会看错了啊？"

专家答："绝对是他，我看得很清楚！他一定是想家里红旗不倒，外面彩旗飘飘！"

我赶紧让当期编导联系那位妻子，问一下情况，那位妻子的回答是，录完节目当天回家表现还不错，可是第三天，也就是我们专家看到的那天，丈夫又出去了一整天，妻子觉得自己很不踏实。

至此，我才相信那位专家看得没错。

由此，我也得出一个结论：对于那种既想找情人还想维护家庭稳定的男人，根本没有必要挽回，拖得时间越长，女人的心被伤得越深，我倒建议，快刀斩乱麻，而且尽可能地多要财产，他做错了就应该受到惩罚。

青春易逝，容颜易老，没有必要把时间耗在朝三暮四的无情之人身上，该转身时且请转身。

离婚时男人最无情

玲终于离婚了。

用了“终于”这个词，是因为这婚离得太痛苦了，整整两年，彼此都耗得没了情绪。

今年，是玲和她老公在一起的第十个年头，恋爱两年，结婚八年。

八年的婚姻给玲留下的除了曾经的甜蜜、后来的伤害，还有一个孩子。更加不幸的是，这个孩子并不健康，脑盲，就是几乎没有智力也没有视力，这个孩子从发现这个病之后就一直跟着爷爷奶奶，而玲则在北京一个人打拼，累死累活地挣钱，给孩子买药治病，虽然希望非常渺茫。

玲的老公是一个事业并不成功的男人，或者说并不勤奋。当玲的事业蒸蒸日上的时候，他则选择了在家上班，今天学摄影，明天搞越野俱乐部，谁都能看得出来是玲在养家糊口。

当然，事业成功的女人在家中常常是强势的，我相信，玲在家中可能会发脾气，可能会当家做主，即使这样，玲还是告诉我，她很在乎这个家、这段感情，因为这是她的初恋。

离婚是在两年前被提上日程的，是丈夫先提出来的。

然后就是拉锯战，玲虽然平时比较强势，但还是不愿意离婚的，因为孩子也因为还爱着丈夫。第一次丈夫提出离婚的时候，说家里的财产全部给女方，孩子还让爷爷奶奶带，玲给抚养费就好了，并且签了一张空白的协议，说玲可以随便写。

玲用尽了各种方法挽回这段婚姻，可不知为什么，丈夫铁了心地要离婚，天天闹腾，无奈之下，玲搬回了娘家，开始还可以常常回去，后来丈夫就不欢迎她了，每次回家前必须“请示汇报”。

玲搬出来之后，自然也就不再给丈夫“零花钱”，以前都是玲支付的一切费用都得他自己想办法赚，所以老公开始变得越来越抠门，很快就提出离婚要房子。然后又提出要车，而且两辆车都要。

就这样，一年多过去了，两个人多次谈判都破裂了。

这年春节，丈夫说自己反悔了，希望玲把孩子接到北京一家三口过个年，再试试能不能挽回婚姻。

玲很高兴地把孩子从老家接到北京，当天老公说家里比较脏，让孩子先在外婆家住几天收拾好了再回来，结果谁也没有想到，孩子一到北京，做父亲的就变了卦，先是推三阻四，不让孩子回家，后来说就住在姥姥家吧，方便照顾她。玲也没想那么多，毕竟大过年的，大家开心点就好！丈夫最初还来看看孩子，可正月十五之后就像人间蒸发了一样，很少出现，也再不提孩子的事了。

这个春节玲是自己和孩子过的。

孩子和奶奶在一起习惯了，换了环境不习惯，整天哭，玲很累，这才意识到老公其实是想用这样的方法把孩子甩给玲。

现在一切都有了结果，他们离婚了。

玲没要车没要房子，要了孩子。反正就是我们看来最不公平的分法，可是玲就是同意了。

我们这帮闺蜜都替玲鸣不平。玲说，有一天她突然就想开了，主动去和他办理了手续，因为她觉得拖了这么久，就是因为在乎感情，可是越来越发现，男人到了离婚时真的很无情，根本不看一点感情的份，看的全是钱。我们台有一位主持人也和我说过同样的话，她在离婚时也遭遇了类似的事情，老公连一分钱都恨不得和她分成两半。

都说一夜夫妻百日恩，可事到临头，却有那么多让女人看不起的男人。

也许，离婚时就是男人最现实也最无情的时刻。

现代灰姑娘

小敏生长在北方的一个小村庄，十七岁时和同村的姐妹来到北京打工。最初是做餐馆服务员，削土豆、洗菜、洗碗、洗碟子、收拾桌子，不惜力气，干活实在，很快就被领导赏识。

小敏说，她拼命干活就是因为家里没有男孩子，她是老大，她想让父母过上不天天为钱发愁的日子。但是那只是一个小饭店，再赏识也只能让她做个不洗碗的服务员。

两年后，一个偶然的机会，小敏离开了饭店，开始学习美发。毕竟谁也不想一辈子洗碗。这次转行，悄悄地为小敏打开了爱情的大门。

在城边的一家小美发店，小敏像往常一样给一位看上去年纪很大的先生洗头发，有一搭没一搭地聊着天，那位客人突然问到小敏的私人问题，“有没有男朋友？”小敏脸一红摇了摇头。农村丫头来到大城市，还没有过上稳定的生活，哪敢奢望爱情呢？

那位老先生从此经常光顾这家美发店，每次都点名要小敏来服务。

就这样一来二去，小敏和老先生熟络了，也就知道了老先生的心理——他想把自己的儿子介绍给小敏。

接下来的一切都很顺利，小敏很快和老先生的儿子张涛开始谈起了恋爱，小敏不知道他们家看上了自己哪里，她只常常在心里庆幸自己命好，会有这样的“艳遇”。因为张涛人很好，比较老实，对小敏挺不错。再有她很快就发现这是一个大家族，老先生是大老板，家族产业实力强劲，有五百亩地产，还有很多车子和房子。

这样的家庭为什么会看上小敏呢？一来小敏绝对是个漂亮姑娘，很纯洁；二来张涛似乎身体不是很好，也不是什么大病，就是比较弱，从小家人就比较担心这个大儿子，所以给他娶个老婆是家族的大事情。

六个月之后，小敏和张涛结婚了。

小敏说，那天特别风光，一辆加长林肯，后面九辆奔驰，花、婚纱都非常漂亮，老家来了不少亲戚参加了这场豪华的婚礼，都说“这一条沟里，小敏嫁得最好”，然后家乡那边就传开了。

一年之后，儿子出生了，还是一对双胞胎，小敏很激动，好日子似乎就这样来了。

“王子和公主从此开始了幸福的生活”，童话都是以这句话做结尾的，但是生活毕竟不是童话。小敏今天来到我的节目中时，已经是一个单亲妈妈，一个人艰难地带着孩子们在生活。

这五年到底都发生了什么呢？

在两个孩子四个月大的时候，张涛偶遇了另外一个女孩，那个女孩并不漂亮但是很有个性，张涛就突然深深地爱上了这朵外面的刺手玫瑰，觉得自己终于找到了爱情，任由小敏苦苦哀求、大发脾气，软的硬的，全都没用，男人的心走了，九头牛也拉不回来。婆家人都向着小敏，可是没有用。张涛索性搬出了家门，像当年的爱德华八世一样，“爱美人胜过爱江山”。

无奈中，两年后他们离婚。

开始公婆可怜小敏，留她依旧住在家中，虽然感情没有了，但是衣食无忧。可是一年之后公公去世了，婆婆本来就挺闹心，觉得小敏只会讨老头子的欢心，再加上她已经和儿子离婚了，那边再怎么不懂事，也是亲儿子，谁不希望儿子在身边啊？但是儿子回来小敏就必须走，小敏也不愿意天天看着婆婆的脸色生活，一咬牙，就搬出了豪宅。

搬出来后，孩子的生活费就成了问题，原来小敏以为婆婆家怎么也得给点钱，但是很快她就发现钱越给越少，气越来越多，每次去取钱都得看人家脸色，小敏伤心透了。

如今，小敏在到处找工作，她决心靠自己养活自己和孩子。

她说，以前一直盼望张涛回来，也觉得他玩累了总会回来，可是，四年过去了，那边还是一直没什么音讯……

其实，不管你是嫁入豪门还是嫁个普通人，首先要做到的就是自己要活好了，因为这个世界上靠谁都不如靠自己。当然如果你有本事死死地拴住一个男人的心，让他愿意为你挡风遮雨，愿意为你创造财富，那也成，只是这条路谁也不能保证会一帆风顺。

第四章
爱情中的 N 个定律

女人就爱逮捕，男人总是拒捕。

AI QING ZHONG DE N GE DING LU

为什么姐弟恋中受伤的永远是姐姐

都说爱情不受年龄、地域等任何东西的限制，可是当一个女人选择了比自己小很多的男人时，我还是认为她很有勇气。

我有一个特别好的女朋友，嫁了一位小她十一岁的老公，当时觉得很般配，因为我的这个女朋友人看起来很年轻，但是结婚十年之后他们分手了，我知道了忙问原因，女友说："有代沟，我太累了。恨不得连他们家远房亲戚都得我照应着，分了也好，轻松！"话虽然这么说，但是我明显感觉到她受伤了，也能感觉到她一定不想分手，但是感情到头了，甚至有了外力，最后只能分开了。

一天，节目中来了一位女士，她正在被一段姐弟恋折磨得心力交瘁。她和我同岁，但是脸上写满沧桑，不快乐一定已经积累了很久很久。

她九年前认识了现在的老公，比她小六岁，当时男孩二十岁，她二十六岁。九年来，她像一个姐姐一样管着这个小弟弟，风里来、雨里去，做小生意赚钱养家的都是她，把又舒服又轻松地在家休息的机会给了那个小男人。男人在家里什么正事都不做，吃喝玩乐打游戏，甚至开始出门赌博，一输就是几千块，这可都是她的血汗钱啊！

我问她："这九年来你心理平衡吗？"

她回答："还好，每当他遇到困难的时候，我都第一个冲上去帮助他，有一次他和别人打架，被关了起来，我为了救他到处借钱，甚至给亲人跪下，那个时候我就觉得自己真的是好爱他！"

恋爱的第九年，她已经三十五岁了，到了齐天大"剩"的年龄，家人都催着结婚，可是男孩似乎还没有玩够，并不急着有个家。

女人开始逼婚，用尽了各种办法，甚至发了话，"你今年不娶我，我就跳楼。"

终于，他们结婚了。没有婚宴，没有婚纱，没有婚车，只是和父母吃了一顿饭。女人特别伤心，对她来说婚礼是一辈子最重要的事，竟然就这样被丈夫给错过了。

更让她难受的是，结婚之后，两个人的感情急转直下。男孩经常不回家，依旧没有工作，而且对妻子的态度也越来越坏。新婚应该是最幸福的时候，为什么日子会过成这样呢？

男孩和我聊天的时候说出了他的苦闷，他们在一起已经九年了，她是他的第一个女人。最初日子过得还是不错的，感情也很稳定，因为这个小姐姐对他照顾有加，可是后来这种照顾渐渐地变成了妈妈式的管教，唠叨又没有耐心。他现在都不敢出门，只要一出门，女人的电话就跟过来了，她总是担心男孩太小，出去惹事。男孩说，他也是近三十岁的人了，老婆却总把他当五岁的孩子。

久而久之，男孩也不想出去闯荡了。是啊，有人养活的舒服日子谁不喜欢呀？

当女人逼婚的时候，男孩觉得既然她特别想嫁给他，那就结吧，要不然人家跟了自己九年还没有名份，也太不负责任了。可是，婚姻并不是爱情的终点，两个人都以为结婚了一切就都简单了，殊不知婚姻更是需要经营的。

日子越过越拧巴。

女人三十五岁了，每天总是想着要个孩子，可是男孩觉得自己一事无成，根本不想考虑这件事，两人的矛盾越来越激烈。

在这一段感情中，两个人都受伤了，但是女人受伤更多一点，毕竟她搭上的是一生中最美好的青春。

我觉得女人犯的错误就是真的把自己当"姐姐"了，其实情感中不管女人年龄多大，都应该把自己当作是小女人，让男人去遮风挡雨。可是很多姐弟恋中，都是女人自己顶天立地，结果就培养出了很多真正的"小弟弟"。最后培养好了，又因为自己的唠叨和衰老，男人有了新欢。

所以，如果你爱上了一个比自己年龄小的男人，那么你从第一天开始就要明白，这个男人必须做你心里的"大哥哥"，这样这段感情才能长久。

"馋"、"黏"、"烦"真的是爱情的魔咒吗?

张艺谋的电影《三枪拍案惊奇》里说，爱情有三个阶段："馋"——"黏"——"烦"，挺有道理的。

宝妹是我们节目的一位嘉宾，她在一段情感中就深刻体会了这爱情的三部曲。

对于宝妹来说，这段爱情无比珍贵，因为是初恋，自己的心和身体第一次离一个男人那样近，近到几乎不能呼吸。

读了本科读硕士，这么多年的校园生活她从来都没有尝过爱情的滋味，这不能不说是一个遗憾。宝妹看着宿舍的姐妹们一个个都有了归宿，自己心里也在隐隐着急，像她这样的中文系女孩子常常都有浪漫的渴望，期盼火热的情感，二十四岁的她希望自己的“真命天子”早点出现。

宝妹上初中的时候就开始读琼瑶的小说，这些年来虽然没有实战过，但是在书中不止一次地找到了那种心动的感觉，她很喜欢那些写在纸上的王子和公主的故事。

宝妹认识第一个男友是在第一家实习单位，同样的学历，同样的家庭背景，同样的年龄，很快爱情的火花就点燃了两颗年轻的心。这个男孩子曾经有过两段情感，经验多一些，主动表白得也就快一些。

宝妹听到那一句“好喜欢你”时，脸都红到脖子根了，长这么大第一次有人这样和她说情话，她紧张得不知如何是好。

“馋”阶段就此开始！

一刻不见，如隔三秋。男友很细心，宝妹总是忘记喝水，北京天气干燥，他就会一天发几十条短信提醒宝妹要喝水，就这一个举动，已经很打动人了。宝妹长这么大第一次被人关心到这个程度，每天都觉得心情灿烂。

半年之后，宝妹禁不住男孩子的恳求，和他同居了，正式进入“黏”阶段。

不用我说，大家都知道爱情中的人有多么火热。宝妹说，那段时间他们曾经到普吉岛去旅游，一天二十四小时，两个人的手几乎从不松开，一直十指相扣。曾经有一个晚上，男孩吻着宝妹，说了一百多遍“我爱你”，宝妹觉得，人生最大的幸福也不过如此。

重点我想说说第三个阶段——“烦”，因为很典型！

两年后，一切重新洗牌，爱情变得脆弱不堪。最初是宝妹发现了男友的通话记录和聊天记录，前女友、现同事都和他聊得不亦乐乎，称呼亲密无间，亲爱的宝贝、乖乖心肝，种种都有。宝妹一看就傻掉了，她从小受父母娇惯，又是第一次处男友，哪里受得了这样的气，一哭二闹三折腾，非要让男友写下保证书不可，而且当晚就要求男友交出 QQ、MSN、邮箱等等所有的密码，她要开始监看男友的生活。

男友一开始答应了，但是很快就受不了了，每打一个电话，每发一封邮件都得汇报，日子过得简直喘不过气来！吵架开始变得频繁，甚至有一次男友还挥起了拳头，虽然没有打下去，但却像刀子刻在心上一样让宝妹觉得疼痛无比。

宝妹真的想不明白，这个曾经一夜说一百遍“我爱你”的男生怎么就变成了这样！爱哪里去了？宝妹不愿意放弃这段情感，她想去找心理医生帮忙，可是还没来得及行动，男友便执拗地搬出了两人租住的小屋，走时留下一句话：“我不爱你了，分手吧！我现在看见你就烦，别来找我，别打扰我的新生活！”

宝妹傻傻地看着这个男人收拾东西、头也不回地离开，整个人都木了，从来没有想过自己的初恋会失败，以为自己一定会有“王子和公主从此过着幸福的生活”的美满结局。她不接受这样的事情，很久很久都在折磨自己，经常有轻生的念头，每次给那个男孩子打电话都说诀别的话，吓得男孩子不敢接电话。接受我的采访时，男孩说，宝妹给了他太大的压力，他真的很烦心，看到电话上显示的是宝妹来电，就恨不得把电话砸了。烦啊！

这就是张艺谋的“馋”——“黏”——“烦”。

其实，这样的故事每天都在都市中上演。看透了，就悟出一个道理：爱情啊，得珍惜，“馋”的时候珍惜“馋”，“黏”的时候珍惜“黏”，“烦”的时候呢，也得珍惜，要知道爱情中也得经历了风雨才能见彩虹。

和盛中国老师谈爱情

盛中国，我国著名的小提琴演奏家，三月的一天我采访了他。

让我佩服的不仅是他美不胜收的高超琴技，还有他与众不同的爱情哲学。

盛老师说他参加过很多节目，但是这次他聊得最开心；我说我采访过很多嘉宾，他的口才无疑是其中一流的。盛老师在其他节目中大多谈的是人生经历，在《谁在说》中谈的更多是情感理论。

盛老师的爱妻叫裕子，是中国籍的日本人，他们二十多年的爱情始终保鲜。也许正因为这段感情非常美好，老师对爱情的领悟也就更多一些。以下就是盛老师在节目现场讲的爱情理论，连我这个常年做情感节目的主持人听过之后都佩服得五体投地：

理论一，男人最讨厌三件东西：冷鸡汤、热啤酒、老女人。

理论二，如果一段婚姻已经死亡，就没有必要凑合着，结束两个人的痛苦也许可以开始四个人的幸福。爱情科代表这里要补充一下，我最初做情感节目的时候，只要遇到想离婚的，基本上都先劝和，毕竟中国人都是喜欢大团圆结局的，而且妈妈也从小就教育我，宁拆十座庙，不破一桩婚。可是后来经历得多了，成熟了，我开始明白婚姻不是能凑合的事情，真的到了情感清零的时候，就不如大家和平分手。很多人为了孩子艰难维持二十年，最后白发苍苍了还是要分手，白白错过了年少时那么多的美好年华。

理论三，男人喜欢的女人是战友。

所谓战友，就是和你并肩作战的人。如果一个妻子常年不去工作，在家里过清闲日子，而丈夫不断成长，妻子就难免跟不上丈夫的脚步，于是那个丈夫就常常会把秘书当作战友，和她分享事业中的成绩和进步，最后心就到了战友那里。所以聪明的妻子应该和丈夫一起进步，并且智慧地过问丈夫的工作。

理论四，男人应该在得意时选择爱情。

盛老师有一位好朋友，在生活遇到极大困难的时候，别人给他介绍了一位女朋友，后来结婚了，当时觉得还不错！可是等到后来这位男士事业发展起来，他却渐渐发现很痛苦，因为那个女人和他的志趣本就不同，所以共同语言几乎没有，而妻子觉得丈夫越来越优秀，就开始不放心，死死看着，最后两个人双双受到伤害而分手。男人应该在得意时选择一个真正爱的女人，这样往往更容易稳定。在失意时，选择爱情考虑现实多于情感，所以最终失败、不幸福的比较多。这一理论爱情科代表也是第一次听说，细想一下，很有道理。

理论五，对女人婚前应该冷点儿，婚后应该热点儿。

男人总是这样，婚前热情饱满，婚后温度渐凉，其实反过来女人就比较满意，不会抱怨男人婚后总是冷淡。

理论六，女人就爱逮捕，男人总是拒捕。

一旦两个人在一起了，女人就喜欢逮捕男人的心，翻看男人的手机，跟踪男人的生活，一副女刑警的样子，而男人呢，天生拒捕，你有政策我有对策，结果就培养了一大批会撒谎的男人。

理论七，男人要像孔雀一样。

盛老师说，他即使不出门，早上起来也会把自己打扮得得体大方，喷上香水，刮净胡子。给谁看？当然是给爱人看，就像雄孔雀一样，开屏给自己的爱人，展示自己最美的样子。

理论八，女人就是用来疼的。

一次，裕子在家中不小心把一个很名贵的盘子打碎了，那个盘子是盛老师花了很多钱从古董店买回来的，盛老师一看盘子已经碎了，一句话都没有责怪，而是赶紧拿胶把盘子粘起来，不断地安慰妻子。盛老师说，盘子已经碎了，埋怨一点用都没有，不如给妻子一个好心情！

以上就是盛中国老师的爱情理论，他是活得极明白、极浪漫的人，奔七张了，看上去却只有四十多岁的样子，我想，他的年轻和幸福的爱情一定是分不开的。

爱情中的 N 个定律

定律一：一个女人在这个男人身边已经是残羹冷炙，但到了另外一个男人那里就有可能变成美味佳肴。

定律二：男人常说兔子不吃窝边草，这一般有三个原因：原因一是窝边根本没草，全是石头；原因二是窝边的草不够肥美；原因三是洞口有一只猎枪在瞄准，兔子不敢吃。除以上三个原因外，兔子没有不喜欢在窝边拈花惹草的。

定律三：激情犹如一罐煤气，你可以一口气把十个灶眼都打开，烧三个星期把煤气用完；也可以省着用，一个一个来，能烧三个月，还可以小火慢炖，炖一天停一天，一罐煤气没准能用三年。

定律四：几乎每个失恋的人都会说："我这辈子再也不会去爱谁了，我只想一个人过。"可是没过多久，说这话的人已经开始了甜蜜的新感情，所以别拿他当真。

定律五：脚踩两只船的人，肯定比同龄人更容易老去，除非你认为自己是超人。

定律六：人，在恋爱的时候，喝白开水都能喝出浪漫的卡布奇诺的味道；在失恋的时候，喝卡布奇诺却只感觉到淡如白开水。

定律七：芭蕾很高雅，但舞者在练习的过程中，常常是孤独地一个人对着镜子，不像街边大妈们扭秧歌，每次排练都会吸引一群看热闹的人。有的时候，最平凡的东西才最吸引别人的眼球，爱情中也是如此，朴实的关爱比玫瑰花更容易引起对方的共鸣。

定律八：选择爱情时，甲男一般会选乙女，乙男会选择丙女，丙男则选择丁女，最后剩下的就是甲女和丁男，谁也挨不着谁，所以，越是甲女越应该早解决个人问题。

定律九：早上六点起床炖鸡汤，然后放在饭盒里捂在胸口，挤车两个小时送到他的单位，看着他一口一口地喝掉，一擦嘴，一个感谢的眼神，心里就有如一股清泉涌过，舒服极了，找到这样的感觉，你就爱上他了！

定律十：一对恋人第一次吵架谁先服软，这辈子几乎就是这样的定局了。

……

定律N：没有一个男人不喜欢美女，所以无论什么情况下，尽量让自己漂亮非常重要，哪怕只是去菜市场买筐菜。

相见不如怀念

我十八岁认识他，二十一岁离开他，然后很久都没有再见面。不时从朋友那里听说他的消息，结婚了，生子了，开店了，一切都是红红火火的。说实话，从心里为他高兴，虽然当年分手时我们折腾得昏天黑地，虽然曾经发誓再也不想见到他。

我们的相识很浪漫，当年还在上学的他要去参加一次独唱比赛，因为是两校联谊，我就被学校派去给他做伴舞，在那首《晚秋》中相识，十几天的封闭排练让他喜欢上了小小的我。演出结束后，他就展开了疯狂的追求攻势，十八岁的我没有任何情感经验，傻傻地享受着第一次被男孩子喜欢的美好感受。那段时间，全宿舍的姐妹都帮我出主意，每次他送来礼物，大家都会和我一起研究他到底是不是真的很诚心。我记得他曾经站在我们宿舍窗下整整唱了一夜歌，我和全宿舍的人一起听了一夜，第二天这事就在全校传开了，我也成了早恋的典型，经常被老师批评。

几个月后，我顶着很大的压力，接受了他的追求，成了他的女友。那是上世纪九十年代初，人们还都挺保守，没有电话，联系靠的是书信，更不敢让父母知道一星半点的消息，我妈要知道我早恋，绝对会吃了我的！

三年中，我们每周只能见一次，我平时住校，周末回家，他每周末都来接我，然后我们走着回家，那一路就是我们唯一可以在一起的时间，大概两个小时，我到家就不能再出来玩了，爸爸妈妈管教很严格。

那两个小时，我们常常抢着说话，一周不见了，当然有很多话要说。偶尔他也会牵一下我的手，每到那个时候我就很紧张，生怕被别人看到，到我们分手的时候，他还在说很喜欢牵我手时我低头害羞的样子。

我最初喜欢他，是因为他的歌声，他唱歌时总让人感觉有点沧桑，于是，我经常在有星星的夜里听他唱《再回首》、《安妮》、《不是我不小心》。当然除了歌声，他还有一张美得让人心醉的容颜（直到今天我还是认为他很帅气），以及对我毫不保留的爱意。他常常从家里带一些热乎乎的饭送到我们学校门口的大爷那里，然后给大爷送盒烟，贿赂大爷求他把饭送到我手里；他会给我写信，很长很长的那种，几乎天天都写；他是家里的独子，家境相对优越，所以他常常把零花钱攒起来给我买各种礼物，让我穿得比所有同学都漂亮。

三年中，我们经历了所有那个年代谈恋爱之人的快乐，偶尔也吵架，可很快就会过去。我印象最深的一次就是某个冬天的周末，我难得可以从学校早出来一回，我们一起去公园。北方的冬天有零下二十几度，我们就在寒风中走了三个多小时，然后又从公园走回家，全然不觉天气的寒冷，只记得寒风中的糖葫芦红红的，还有我们清朗的笑声，每次想起来都让我忍不住地笑，幸福地笑。

他喜欢音乐，我喜欢读书；他爱玩，我喜欢在家待着；他几乎天天都和朋友们聚会，工作也只是凑合，我则认为年轻人应该努力，也一直认为工作中的男人是最美丽的。渐渐地，我发现了我们之间的很多差距，于是，三年后的一天，我提出了分手。

我们的分手和开始一样轰轰烈烈，他哭过、闹过，折腾过，四个多月，还是彻底分开了。

分手那天，他用血给我写了一封信，信上说："这个世界上，不会再有比我对你更好的人，你会想念我的，并且总有一天你会后悔自己的选择。"

十年过去了，我没后悔过离开他，但有时也会想念他，想念那些快乐的日子，想念我的青春岁月。

去年回老家，在我们俩都毫不知情的情况下，被朋友们安排见面了。我不知该如何表达突然再见他时的感觉，真的很复杂。以前我曾不止一次想过如果哪一天重逢，我会是怎么样。我以为我会哭，可没有，我们俩都特别镇静，还煞有介事地握了握手。我想，我们都成熟了，毕竟都已经三十多岁了。

朋友们一个个都找理由走了，只剩下我们两人，我有点尴尬，他也是。现在已经想不起当时的话题，大概是说了说现在的生活，也偶尔回忆当年的快乐。然后，我们礼貌地道别，出了咖啡馆，向两个方向走去，一如当年。

奇怪的是，从那以后，我再也没有想起过他，好像生命中不曾有过那段日子一样。

后悔去见他，打破了我十年来的一个梦，梦中的他多情、英俊并且纯真，而十年后的相见，却让梦远去，他已不是原来的他。我其实很心痛，就好像自己把当年那些美丽的回忆扎破了，然后，就什么也看不见了。

回北京后，我在日记本上写下了六个字：相见不如怀念。

有些话永远不该说

大钱和女友分手了。

曾经那么轰轰烈烈的爱情在无声无息中结束了，我起初以为这又是年轻人喜新厌旧的典型体现。当年大钱为了追那个女孩子，曾经在雪地里一站就是一整夜，冻得整个人都僵了，就为了让那个女孩子拉开窗帘看到雪地里的那束红玫瑰。而现在才不过一年半的时间，男人怎么能变得那么快呢？

大钱说，分手是必须的，因为女友突破了爱情的底线，说了让他实在无法忍受的话语，而且说过三次，所以，大钱客气地请她搬出了那间记录了他们爱情全过程的公寓。

女孩说了什么话呢？

大钱用女生典型的生气口吻模仿着："你妈怎么那么多事啊？烦不烦？"

那一刻，我一下子明白了大钱的苦衷，这样的话谁听了谁都闹心！

不要认为和自己最亲密的爱人说话就可以口无遮拦，很多段感情都是被下面这几句话摧毁的，爱情科代表要郑重地提醒所有在爱情中的女孩子，克制自己的情绪是有修养的表现。

第一句，“你妈怎么那么多事啊？”

切记，无论是男生还是女生，这句话能不说就一定不要说，没有一个人愿意听别人指责自己的父母，不管他们做了什么。

第二句，“我们同事过生日，男朋友送了一辆车，她命可真好，哪像我啊！”

这种含沙射影的话，哪个男人听不懂呢？即使你真的那样想，也不能说出来，除非这个男人你根本就不爱，只是看上了他的钱财。

第三句，“你和她肯定余情未了吧？没事老发什么短信？”

前女友的一条短信可能让你醋意大发，但不要上纲上线，也许那只是一条问候的短信。有的时候爱情中的男女都有逆反心理，就像我们的青春期。你少说一句，也许没什么，多说一句，可能反而让人家两人走得更近了。

第四句，“真看不上你那些狐朋狗友！”

对于男人，朋友有的时候比爱情重要，所以选择了他就必须接受他的朋友圈，这叫爱屋及乌。如今越来越多的女孩子也开始在意男友对自己闺蜜的评价。

第五句，“分手，我看到你就烦！”

除非你已经想好了真的分手，要不然男人真的走了，受伤的就是你自己了，很多女人都是因为这句言不由衷的话失去一段真挚感情的。

第六句，“我以前男朋友比你强多了！”

也许你的心里一直在拿他和前男友比较，但是这句话永远只能是肚子里的话，不能说出口。这种话让男人听了很受打击。

第七句，“说实话，你真的是老了！”

衰老是每个人都不能抗拒的，选择了昨天的他，也要爱上今天的他。

第八句，“如果不是因为跟着你，我早就过上好日子了！”

好像很多女人都会说这句话，似乎自己心比天高、命比纸薄。这句话被很多男人公认为是最让人伤心的一句话，该不该说就看你怎么想了！

以上的八句话是爱情科代表经过深思熟虑之后认真总结出来的，我一直觉得女人是很感性的，常常会在自己最亲密的爱人面前不加掩饰，可是每个人都有自己的底线，这八句话哪一句挂在嘴边都可能毁灭一段感情，所以，爱情中的学生，应该学着三思而后行，说话前多考量一会，如此，你就又成长了一步。

爱情中女人易犯的一个错误

一天录制节目的嘉宾是一个二十四岁的女孩，美丽的脸庞上一直流淌着委屈的泪水，泪水是为那个负心的男孩而流，那个和她谈了六年恋爱、一直把她捧在手心里的男人，就在一瞬间转身走了，头也不回。

这个爱情故事很具有代表性：

他们是大学同学，上大一的时候，身为学生会文艺部部长的女孩和新闻部部长的男孩工作中有了更多的时间在一起，花季年龄春心萌动，四目相对时好感已经写在了脸上。

大学中的爱情总是浪漫和美好的。在一次英语口语课上，老师让大家用英语表达自己最想说的话，男孩就第一个站起来用英语说：“我喜欢一个女孩子，长长的头发，漂亮的大眼睛，很温柔，很善良，但是我不知道她喜不喜欢我，她就坐在左边的窗前。”大家猜来猜去，最后就猜到了女孩，从此他们的关系就公开了。

有一年三八妇女节，学校在大礼堂给所有的女生举办活动，没有一个男生。突然礼堂门打开了，男友捧着一大把糖葫芦走了进来，直接走到了女孩的身边，大家尖叫，疯抢那一串串火红的糖葫芦，女孩一口都没抢上，但是心里好温暖，好幸福。

大学期间，由于两个人家不在一个城市，所以一到放假就成了他们俩写两地书的最佳时刻，男孩每次假期回来都会送给女孩一个大本子，里面写满了给她的小诗，节目现场我翻看了一下，还真有点汪国真情诗的味道。

每次假期从老家回来，男孩都会提前央求女孩宿舍的同学帮他把女孩的被子拿下去晒好，把开水打好，把水果削好了放在桌上，好让她一进宿舍就可以钻进被窝睡个踏实觉。

对于女孩来讲，爱情到了这份儿上，就要算享受了。

大学毕业了，两个人来到北京创业，租住在一间小房子里，男友依旧是那样地无微不至。女孩过的是衣来伸手饭来张口的日子，喝水都是男友给喂到嘴里，连她的妈妈都说，找到这样的男友让每个女人都羡慕。

日子本可以这样平静温暖地过下去，可是爱情中的“无微不至”导致的“心安理得”却破坏了这个美丽的童话。

在这段感情中，因为男孩表现得非常好，是无微不至的好，慢慢助长了女孩的坏脾气，两人吵架，永远是男孩先道歉，女孩的火也是一次比一次升温，最后吵架甚至连他的家长也捎带上了。

最初，男孩一直表现还好，也不反抗，因为在这段情感中他已经习惯了按照女孩的意愿办事。

就在女孩憧憬幸福未来的时候，一件意想不到的事情发生了。

男孩突然走了，回老家了，只留下一句话："我想和你分手！"

女孩崩溃了，因为这一切发生得太突然，她还没有任何心理准备，甚至不知道为什么。她放下公主身段，求男孩回来，可是那边似乎铁了心。

于是，女孩来我们节目，想让我们帮她劝劝男孩。我们的记者联系了男孩，他告诉我们回头是绝对不可能了，因为这六年来，他对女孩太好了，好到没有了自己。女孩经常莫名发火，甚至和他的父母顶嘴吵架，不给他面子。他觉得自己做得再好也没用，所以还不如分开，两人各走自己的路。

女孩听了男孩最后的决定，特别伤心。但是没有办法，这就是生活，好在她来到了节目中，通过专家的分析，知道了自己的错误在哪里，以后不至于再被同一块石头绊倒。

我认为，女孩的错误就是把男孩对她的好当成了应该，心安理得地接受一切呵护，却没有想过，爱是双方的，接受多少也应该给予多少。

当然，男孩也有错，无微不至以致过了火，明明只盖一层被子就很温暖，他却非要给盖上十层，最后捂出一身汗，两人都不开心。

问"你爱我吗？"说明女人不自信

如果做一个调查，我相信 90% 以上的女人都问过这句话："你爱我吗？”也许你在这段感情中没有问过，但在上一段或下一段中一定会问，这几乎是爱情中的定律。

爱上一个男人的时候，就会担心他，牵挂他，宠爱他，迁就他；就会在乎他有没有像你一样深深地爱上了对方。所以，在一段感情中，如果你连这句话都没有问过，那就要问问自己了，眼前的这个男人真是你心底的那个人吗？

女人最喜欢在哪里问这句话呢？答案真没准。吃饭时，突然深深地凝望他，温馨地问一句；生气、吵架时，恨不得把对方吃了，哭着问一句；温存时，耳语一句；旅行时，大喊一句。

爱情中，偶尔问一句这样的话很好，给爱加糖加蜜，但是糖和蜜吃多了就会牙疼，这个道理不知你有没有想过。男人的爱情衰减得比女人快，一个女人可以一辈子持续不断地爱一个男人，可男人常常做不到。不知从哪一天起，他主动说“我爱你”的次数越来越少，而你问“你爱我吗？”的次数越来越多；他的回答最初积极主动，“我爱你，宝贝！”到第二阶段男人开始懒了，一个字都不想多说，回答简单明了，“爱”；再后来，当有一天你再问这个问题时，他的回答变得很应付，“当然”。女孩一定会很不高兴，然后再逼问：“你说啊，爱不爱我！”“爱，爱！好了吧，每天问烦不烦？”然后男人翻身睡着了。

这样的事情一定很多女孩都经历过，一定为此哭过闹过，看身边的男人翻身就睡着，心里开始不平衡：“我为你付出那么多，你竟然连一句‘我爱你’都不肯说，哼！不如分手算了。”想是这样想，可是真的说分手女孩子又开始舍不得。

当爱情进入疲惫期，男人的耐心往往比女人差很多，所以你会经常听到男人们在说：“哎呀，现在的女人都爱黏人，每天没事就问‘你爱我吗’，累死了，早左手摸右手了，还问这么弱智的问题，真是闹不明白。”

爱情科代表特别想告诉各位女同学，如果你不断地问对方这个问题，只能说明你对你们的爱情不自信了，你已经开始担心这个男人会不爱你了，会随时走了。你要的答案其实只是用来安慰自己，“看，他还爱着我，像以前一样。”

这不过是自欺欺人。爱情这东西，你问得越多，他答得可能越少。

爱情中只要你做好自己，自信坦然，得到的反而会更多一些！当然你也可以时不时地故意忽视一下他；去和闺中密友聚个会、聊个天；有自己的生活，不断提高自己，让他常常有危机感；让他总是抱着你问：“亲爱的，你爱我吗？”你则细眉一挑反问他：“你猜？”让他抓心挠肝；让他辗转反侧；让他总想把你捧在手心里，生怕一眼没看好让你溜走了，这才是爱情中的高人。

最受欢迎的八句情话

也许你自认为不会说情话，也许是没有机会表达，结果很多爱意在心底，对方却不知道。对此，爱情科代表要认真地告诉那些在爱中的男女，炽热地表达爱意至关重要。无论男生女生，既然爱了，为什么不说出来呢？要知道，爱情中，除了玫瑰和巧克力，绝对不能缺的就是情话啊！这事也得学习，所以我帮大家总结出了八句最受欢迎的情话：

情话一，“亲爱的，就在你身边，为什么我还是想你呢？”

这句话男女通吃，通常可以迅速捕获对方的心，不过这句话只适合比较熟悉的情侣，刚认识不久就说这句话会略显轻浮。

情话二，“只有见到你，我的心才能踏实了！”

没有爱情的时候，心里总是那样地空落落，做什么都会觉得没有兴致，吃饭都对着墙壁吃，看电影更是形单影只，逛街的时候想有人陪就好了；而有了爱情的人，则一切都是美好的，树是绿的，天是蓝的，穿哪件衣服都是漂亮的。爱可以让我们安静下来，无论是男人还是女人。

情话三，“你说你为什么那么大魅力呢，让我每时每刻都克制不住地想你！”

每时每刻，就像一个魔咒，爱一个人的魔咒，如果有一天你发现你已经不能做到每时每刻都想念那个人，也许，你就应该思考思考你们的感情了……

情话四，“你今天一定特别累吧，因为你昨天在我梦里走了一夜！”

小男生的伎俩，这样的话比较适合刚刚开始约会的男生说，而且在一段情感中，只能说一次，要不然会让人觉得假。

情话五，“你真是女人中的女人，一举手一投足都那么有味道！”

调查显示，这句话几乎所有女人都喜欢。我一直认为批评女人最重的话就是“你简直像个男人！”被冠以这句话的常常是那些女强人，她们由于在工作中雷厉风行，被人说成是男人做派，其实，如果走近她们，你就会发现她们比谁都脆弱、都女人，她们最想听到的情话可能就是上面这一句了。

情话六，“宝贝，有了你，我就有了全世界。”

“别的我什么都可以不要，只要有爱情就好。”当然这样的话常常说在爱情开始的时候，当遭遇现实、工作不顺、生活烦恼的时候，如果你还愿意说这句话，那么就真的是爱到山盟海誓了。

情话七，“我想和你生个孩子。”

我一直觉得这句话特别美好，因为这是对爱情的最高承诺。想想爱上一个人，还想和她生个孩子，想永远幸福地在一起，这里面不仅有爱，还有责任呀！只有勇于承担责任的人才可以相伴终生。

情话八，“看着我的眼睛，宝贝，我爱你！”

“我爱你”这三个字永远是最经典的情话！只是最好男人先开口说。

当然，再多的总结也只是爱情科代表的“纸上谈兵”，你有没有活学活用，有没有在恰当的时间、恰当的地点说恰当的话，这还需要你自己体会，不断地学习、总结和温习。

温故而知新，在爱情中也适用。

女人结婚前需要点冲动

两个月前，我们节目组里一个女编导，遭遇男友求婚，非常犹豫，总觉得自己只有二十六岁，在北京这样的大城市，结婚好像早了点，再说两个人事业才刚起步，也没有房子，中国的老理儿不都说要“先立业再成家”吗？

女孩子有点迷茫，让我帮她出出主意，我听了他俩的故事，坚定地认为她应该接受求婚。来听听我的理由：女孩和男友认识一年多，男友大她五岁，是个律师，工作稳定，条件相当。关键这时候正是热恋期，彼此眼中看到的都是对方的优点，少有缺点，在这样的激情期结婚我觉得是非常合适的。而一旦错过了这个时间，有可能抱憾终身。

我身边从来不缺这样的例子：一位女友和她男友相恋八年。恋爱第一年，男孩特别想结婚，但女孩不想，觉得自己太小还不成熟；恋爱第三年，男孩的妈妈提出结婚，女孩觉得未来婆婆是想抱孙子，她事业正处于上升期，还不想这么早要孩子，所以委婉地拒绝了，结婚的事也就拖了下来。就这样一晃八年，两人相伴走过了风风雨雨，似乎更像亲人了。当女孩已经三十岁，到了特别想有个家的年龄，一天天地等着男孩再次求婚时，男孩倒似乎不着急了，从来不提这事了。女孩觉得自己提也有点不太好意思，就开始用各种方法提醒对方，男孩却一直装糊涂，不管女友怎么说他就是不开口。就这样又过了一年，女孩忍无可忍，干脆直接逼婚。

最后两人的结局是各奔东西，男孩子说："八年了，熟悉得早已审美疲劳，实在不想结婚，难道一辈子就过这样的生活？"这样的话是挺不负责任，但在批评男生的时候，爱情科代表也想和大家一起分析分析，如果当年两个人结婚了，八年的时间可能也到了审美疲劳期，但也可能有孩子了，如此，有了孩子的牵绊、家人的约束，男人一般不会轻易抛弃家的。我那位女友现在还自个儿漂着呢，虽然过着单身贵族的自由生活，看上去也挺快乐的，但偶尔聊天时，她也说："如果当年一冲动结婚了，可能也就过到今天了，可能孩子都不小了……"

所以说，那纸结婚证很重要，特别是对于女人。

有一次录节目，现场的心理专家曾经说过："女孩子记住了，谈恋爱一年左右是最适合结婚的，国外有过相关的研究，每个人的情感冲动期都不会超过三十六个月，也就是三年，三年之后，爱情则逐渐转化为亲情，一旦进入亲情期，再结婚可能幸福感就会减少！”

我把自己的感受和这些故事告诉了这个同事，女孩子说她会考虑。

两个月之后，女编导给我送来了喜糖，她选择了结婚。

每天早上看到她一脸幸福地来上班，我都在内心祝福她，结婚这事需要点冲动，特别是在男人想结婚的时候。你完成了他的愿望，其实也是给了自己幸福！

成功男人离婚一次相当于破产一次

这个年代男人肯定是比女人更担心离婚这事的，特别是有点钱的男人。比如陈彬，我十年前认识他的时候他就是一位挺成功的男士了。

他的事业很成功，但是家庭方面就欠缺点了。

他的第一位妻子美是他大学同学，毕业后陈彬分到电视台做策划，很快就成了制片人；美分到电台做DJ，两人是我们广播局系统中出名的“金童玉女”。我还记得他们的婚礼办得超级隆重，陈彬别出心裁地从农村找来六十六头牛来拉新娘的“轿子”，远远地、浩浩荡荡地走来，我当时才二十出头，对这情景那叫一个羡慕，以为美就是世界上最幸福的女人了。

结婚后，由于陈彬夫妻俩都是当地的名人，所以出双入对的他们常常是大家谈论的焦点，在那个小城市，听说市长都会经常请他们到家里做客。我那个时候还是个名不见经传的小女孩，陈彬每次见到我都会亲切地叫我“小丫头”，我也总会甜甜地喊他“陈彬哥哥”。虽然熟悉，但我觉得当时我们的距离很远，只是泛泛之交，也从来没想到我们会在五年后相聚在北京。

在北京见到陈彬真的很开心，毕竟“他乡遇故知”是人生一大幸事，而且我们竟然应聘同一家电视公司，又同时应聘成功，然后我们又一次成了同事！

那些日子因为都是北漂，我们常常在一起吃饭。有一次谈到美，陈彬说，他们已经分手了，我条件反射地问：“为什么？”

陈彬苦笑一下说：“我喜欢北京，她不喜欢，时间长了，两地分居，感情淡了，也就该分了！”

我没说话。

陈彬接着说：“不过离婚对于男人来说也是一件很恐怖的事情，我一砖一瓦地把一个家建立起来，结果呢，离开的时候我只拿了一箱子自己的衣服就出来了，存款也全部留给小美了，毕竟她是女人，生活更不容易一些，呵呵，我现在是典型的穷光蛋！”

那天晚上，我悄悄去结了账，陈彬知道了很不开心，说我瞧不起他，我笑称：“你们这些北方男人啊，都穷光蛋了，还硬撑什么有钱人啊？你呀，还是赶紧攒钱娶媳妇吧！”

陈彬依旧帅气的脸上终于又有了当年的自信，“放心吧，丫头，大丈夫何患无妻！”

是的，我当然相信陈彬这样的男人会有很多女孩想嫁的，哪怕他曾经离过一次婚。

果然，时不时就听说陈彬有新女友了，离了婚的陈彬开始了一段比较“风流”的日子，只是只看到他身边的美女换来换去，却看不到他真正开心的笑。

直到微微出现，陈彬的情感生活才总算暂时稳定了，他再一次大操大办举行了婚礼，邀我去给他做婚礼主持人。

在门口看到陈彬揽着微微接待来宾的样子，很高兴他终于找到了幸福!

接下来的日子里，陈彬拼命地工作。微微比他小十岁，喜欢一切时尚的东西，陈彬不赚钱怎么能养得起呢？

一年后，他们有了一个儿子。

两年后，正当我们以为陈彬就此稳定下来的时候，陈彬却给我打了一个电话，很久没有联系了，他问我的第一句话却是："有没有什么可以兼职的节目做？我想赚点外快！"

后来我知道了前因后果：结婚后陈彬工作忙，微微年龄小耐不住寂寞又有了新男友，陈彬出差回来竟把他们堵在了自己家里。陈彬心痛极了。虽然微微一再流泪表示后悔，陈彬还是选择了离婚。他这样的男人总是心疼女人的，或者说总是大男子主义的，这回他又一次净身出户，车子、房子、存款都留给了微微。他难过得不得了，却依然要面对从零开始的挑战。

好在陈彬是个能干的人，不到半年就又看到他开上了新车，还听说他准备贷款买房子，这个男人就算是破产也总能在逆境中重新崛起。

上周老同事聚会看到他，我问他有新女友吗？他说女友是不缺，但他不想结婚了，他害怕了那种一无所有的日子，两次离婚给他的启示就是不要再结婚。

我听了之后心里一阵酸楚。

虽然当今社会中并不是每个男人离婚时都能做到"全面奉献"，但是离婚的男人很多都是狼狈出门，常常都需要从头做起，离婚真的就像破了产一样。过去人们离婚都是女方想得更多一些，现在反倒很多男人对婚姻有了恐惧感。所以，无论男女，在你还没有打算好之前，完全可以暂时不要选择结婚，以免将来感情破产，经济也破产！

假指甲引发的思考

一个月前的一天，心血来潮，去美甲店做了指甲。

进那家店门的时候，本来只打算修修指甲，结果被导购小姐一通忽悠，禁不住诱惑选择了一个“水晶镭射甲”，就是在指甲上用水晶粉再作一层指甲，然后涂油、烤电，折腾两个多小时，“纤纤玉手”终于被塑造出来了。

当时我对效果还是很满意的：指甲长长的，透明又干净，一下子显得手指纤细修长许多，看上去很美……

但很快我也明白了一句老话——美丽是要付出代价的。

第一感受就是打字不方便了，指甲太长，敲在键盘上总是找错字母，速度顿时比过去慢了好几倍，而我的工作又是时时刻刻要在电脑前泡着的那类，所以从第二天起我就后悔了。

后悔归后悔，每当有人夸我手指好看的时候，我还是沾沾自喜。

就这样痛并快乐了一周之后，我就萌生了去掉它的念头，因为很快我就发现不仅打字不方便，做其他事情也会变得很笨拙，比如穿衣服就很麻烦，指甲太长，扣子扣不上。

那段时间，女儿不在家，我疯狂工作，一个多月的时间，从来没有晚上十点之前下过班，所以一直也没有机会卸掉它。曾经打算自己拔掉，后来发现很难，抠来抠去，甲床都快感染了。于是，每天一闲下来就会盯着这闹心的指甲看。

不方便依旧在继续，一晃眼，一个月过去了。

指甲已经很难看了，因为没有修补，假指甲看上去坑坑洼洼，每次见人，我都把指甲藏起来。有的时候出去应酬，一整顿饭都很紧张，生怕别人看到我的指甲很难看，让人家觉得我是个很不注意细节的女人。生活中就更不方便了，做什么都碍手碍脚。最后，我实在忍受不了了，忙里偷闲去美甲店把假指甲卸掉。

说句实话，卸指甲好疼——生生地拔下来，美甲小姐还一脸笑容地问我："王姐，你看咱们接下来做哪个项目？"

"不做了，恢复原样就可以了！"我回答。

美甲小姐再甜甜地一笑："那肯定不行吧，您的指甲经过上次的打磨，已经很薄，如果不加处理会很难看，我建议您再作一层光疗甲！"

想着"水晶镭射甲"的遭遇，我决定不再做了，铁了心了。

一个小时后，我裸甲出店。回家后仔细一看，指甲被伤害得很惨，特别软，一碰就断，一碰就疼。

很后悔这次美甲经历，虽然带给我一段时间的美丽，可也带给我很久的痛苦。所以说，假的就是假的，用假的东西就得承受它带给你的麻烦。

还有，一次没坚持住，以后可能就得次次用假！还好，在第二次时我就刹车了。我很多女朋友说，她们就是没有坚持住，指甲只好一直做下去……

爱情中也是如此，年少时，我们常常选择看上去很光鲜的那个人，殊不知漂亮的背后你可能就得忍受他的臭美、乱花钱，以及帅气的外表给他带来的各种艳遇，所以，任何事、任何人还都是最真实的才最长久。

得不到和已失去

我有一套化妆刷，陪伴我有八年的时间了。

对于我这个职业来说，化妆刷就像战士们的武器一样，必须时时放在身边。

虽然化妆刷对我来说很重要，但大多数时间它们都是静静地躺在我的化妆箱里，我都没记住它们的样子，也记不住它们的数量。到底是三十七枝，还是四十一枝，真的记不清楚。每一枝怎么用我也没研究过，因为大部分时间化妆师会帮我操心此事。

直到今年春节前的一天，它们丢了。当时是去台里拍摄新年宣传照，请的是新化妆师，忘记告诉她帮我整理一下刷子，拍完照片就急急忙忙地返回了公司。两天后再次录节目，打开化妆箱时我傻眼了，刷子不见了，我跑到车里翻了个底朝天，没有踪影，于是寄希望于落在了拍照的地方，可跑回去找了两次都徒劳。

然后才发现那套刷子之于我来说是那样地独一无二。每天化妆时，看到别人从箱子里拿出自己的刷子，不经意地往桌上一摆，我就像受了刺激一样，立刻开始念叨我那套丢了的刷子。

那是一套多么漂亮的刷子啊！虽然以前我都没怎么关注过它们，但是还记得有一只粉底刷是在伦敦机场买的，很贵，我看了好几次，漂亮的导购员一遍遍给我介绍物有所值，最后登机前才一咬牙买下来，那都是六年前的事了。

有一支眼影刷是在洛杉矶街头的一个小店中淘到的，当时觉得刷毛很软很舒服，买回来后受到了化妆师的表扬。

眼线笔有好几支，其中一支是在法国的老佛爷买的，当年带着家中三位老人到法国旅游，自己跑前跑后，那支眼线笔是旅途中唯一一件给自己买的东西。

有一支宽大的眼影刷原来是化妆师 Z 的，有一次借过来用，爱不释手，请 Z 吃了两顿“六百年”的日本料理，才彻底得到。

还有唇刷、腮红刷，好多好多，香港、东京、罗马，一把把地精挑细选，每一支都有故事，都有曾经身边人的影子，它们的丢失，似乎不仅仅是一套刷子，还有那些在路上的记忆。

刷子丢了虽然好难过，但也给了我一个很重要的生活启示：世界上最珍贵的东西往往是那些已经失去的东西。这些刷子曾经在我的包包里躺了八年，我从来没有一次认真地端详过它们，用过了一卷就放回去了，清洗打理都是化妆师的事情。

但那一天，它们不见了，我才开始感叹，才开始那样地想念它们。我很后悔，后悔没有认真地看好它们，后悔那天粗心地丢了它们。

这跟爱情多么相像啊！当我们天天腻在一起的时候，也许并没有好好珍惜；当对方全心为你付出的时候，你也许觉得无所谓，可是当有一天他走了，走得连个转身都没有，你才开始长吁短叹，才开始思考也许自己丢掉了世界上最美丽的东西。

爱情中最珍贵的两件东西就是“未得到”和“已失去”！

没有得到的东西才需要费尽心思地去追求，所以不要让他得到得太快！

已经失去的东西才使得他后悔莫及地怀念，所以该走的时候就快步走开。也许伤透心了，也许没希望了，那何不给他留下一份追忆的感觉？

乔叔的爱情

乔叔是我们家的老邻居，今年六十多岁了。

乔叔一生结过七次婚。

在我儿时的印象中，乔叔家的阿姨总是隔几年就换一个，而且一个比一个年轻。乔叔不断地受到爱情的滋润，自然人逢喜事精神爽，而不断黯淡下去的，是小伍哥，那个乔叔第一次婚姻留下来的男孩，也是乔叔唯一的孩子。他比我大三岁，人也聪明伶俐，很受邻里喜欢，再加上乔叔总不在家，小伍哥便常常被妈妈叫到我家吃饭。吃完饭，我们总会坐在院子里的树荫下聊天。小伍哥从小就读过很多书，我记得，当年刚上初一的他就可以大段大段地背诵《三国演义》、《水浒传》，我第一次知道巴尔扎克、雨果和金庸都是听小伍哥讲的。

我常常听他讲故事听得入了迷，然后到处去搜罗他介绍的书。可以说是小伍哥培养了我少年时的阅读习惯，现在想来，儿时的我是崇拜他的。

乔叔的爱情总是有始无终，但这并不影响我对他的好印象。毕竟，他是真诚的。他对每一次爱情都全心投入，不惜以婚姻作代价，只是，每一次都以失败告终。开始乔叔办喜事，大家还都捧场，可后来，去吃喜酒的人越来越少，看热闹的人倒是越来越多。有一天我爸接到乔叔结婚的喜帖，和我妈商量到很晚也没决定到底去不去，因为我父母实在是没有闲余的钱去搭礼，但乔叔对我们家人一向客气，又常常帮忙，所以最后商量的结果就是把我妈那年的新裙子计划取消，由我爸代表全家人去参加乔叔的第四次婚礼。

为此，我妈一个夏天常常在念叨她的新裙子。后来乔叔的第四次婚姻结束时，我妈说，早知道又是没到头的婚姻，还不如当时买了裙子呢！

乔叔是研究矿山开采的，每当感情受挫时，他就会申请出差，到深山中搞研究，一走就是几个月，那时候，他家就成了我们孩子玩耍的据点。我和燕子常常到小伍哥家玩，听小伍哥给我们讲故事。有一次，我无意中看到小伍哥家的挂历上画着很多圈，下面写着馒头、面条等字样，便问他什么意思。小伍哥说，他不知道乔叔什么时候才回来，所以每天省吃俭用，他已经做好了乔叔一个冬天不回来的打算，如果是那样，他每天就只能吃一个馒头，这样才能坚持到春节。小伍哥说，过年乔叔是一定会回来的。那次，我才第一次感觉到，小伍哥其实挺可怜的，只是十三四岁的孩子，却要像大人一样操持一个家。回家把这事和我妈说了，我妈愣了半天说："告诉小伍，没地儿吃饭到咱家来，没娘的孩子，可怜啊！"

我从来没见过小伍哥的亲生母亲，听说小伍哥还不到四岁，他妈妈就和乔叔离婚了，从此再也没回来过。那年还没到春节，乔叔就回来了，带着他的第五位新娘，一个比小伍哥只大八岁的女子。这回乔叔没办婚礼，可能也是怕给大家添麻烦。每天傍晚，乔叔都会在大家的指指点点中带着他的新娘去买菜。有时小伍哥也跟着他们，但他总是低着头，见了人也不说话，神色黯淡。

我妈说，老乔老牛吃嫩草；我爸说，少管闲事。

那时，我上初三，小伍哥上高三，功课的繁忙让我们见面越来越少。

有一天下课，在路上我们碰到了，我随口问道："你后妈对你还好吧，听说她比你大不了几岁？"

小伍哥突然愣在那里，淡淡地说："没想到你也这么俗！"然后，头也不回地走了。

我傻在了原地，好久都没回过神来，这不是我的小伍哥，他怎么会这样对我说话？这事让我委屈了很久，也成了我和小伍哥之间的鸿沟，之后好多年，我们都没再说过话，好像不曾相识一样。

后来，我才知道小伍哥如愿考上了清华，乔叔高兴得给大家发糖，逢人便说："这才是我儿子，虎父岂能出犬子（乔叔当年就是清华的高才生）？"

小伍哥上大学的四年中，只在每年春节那两天回来看看，还很少出门，后来我到其他城市上大学了，见面的机会更是少之又少，但我有时会想念他，想念儿时博学多才、对我呵护有加的小伍哥。

那个大小伍哥八岁的"后妈"还是和乔叔离婚了，之后乔叔又娶过一个媳妇，我都没见过，我妈也没有谈论了。在我们家属院，乔叔结婚又离婚早已经见惯不怪。

再见小伍哥是在乔叔的第七次婚礼上，正好我回家过年。这次乔叔是一家一家通知的，他一再强调，这是他最后一次结婚，而且绝不收礼，请大家给捧个场。于是，我和爸妈一块去喝乔叔的七婚酒，主要是想看看新娘究竟何方人士，让乔叔终于下定决心最后一次结婚了。

婚礼在当地的一家大饭店举行，来的人还真不少，看来和我们一样有好奇心的人很多。乔叔忙里忙外招呼人，却一直没见到新娘的身影，大家四处张望，像谜语揭底一样着急。突然间，我看到了角落里的小伍哥，如果没记错，我们已经有八年没见过了，但我还是一眼就认出了他。

“小伍哥，见到你真高兴！”

“我也是，你变漂亮了！”小伍哥示意我在他身边坐下。

婚礼开始了，乔叔一个人站在台子上说：“各位老朋友，我老乔今年五十八岁了，今天是我第七次结婚。我这一生一直在寻找真爱，也让大家看了不少笑话，今天我要宣布，我终于找到她了，这也是我的最后一次婚礼。新娘曾经被我深深地伤害过，三十年了，我想在这里真诚地对新娘说一句：对不起。我发誓，从今以后将用我全部的爱感动她，和她携手到老。”

然后，我看到一位满头银发的女士走了出来，脸上带着泪。

然后，我发现，小伍哥也流泪了。

瞬间，我明白了，这是小伍哥的亲生母亲，乔叔的第一位新娘。

我无法知道，乔叔和阿姨是怎么和好的，但看到小伍哥上台和他们拥抱在一起，在场的人全感动了。

那天，乔叔喝多了，我爸喝多了，小伍哥也喝多了。

故事讲完了，乔叔和阿姨现在过着幸福的晚年生活。

只有小伍哥，三十多岁的人了，一直没结婚，他说，他不想离婚，所以，他一直在找那个能让他厮守终生的爱人。

我们偶尔在网上碰到，小伍哥还会像儿时一样给我讲故事，就是从不讲他的爱情故事。

人生就是一个轮回，最初的选择往往是最正确的。无论是婚姻，还是买东西。

第五章

每个女人都喜欢这样的男人

勤勉，可能让你获得一份热烈的浓情。

MEI GE NU REN DOU XI HUAN ZHE YANG DE NAN REN

为“她”发来的十四条短信

姜哥和我同事多年，但交情并不深。

前不久一次会议结束，我们俩搭一辆车回单位，路上随便聊了聊最近的生活。

姜哥家的狗儿皮皮就这样走进了我的心底，“我最近心情不好！”姜哥忧郁地看着窗外，“我家养了十年的小狗快死了，癌症！现在已经住在了医院，我每天下班都去看它。”

我没怎么养过宠物，第一次听说狗也会得肿瘤。

路程很短，十几分钟就到单位了，我们各自回到办公室，听姜哥这么关心皮皮，我也莫名地开始牵挂它。

从那天起，每天上班的路上我都会给姜哥发一条短信，问候一下从未谋面的皮皮。

今天整理短信，又翻看了一下姜哥回给我的短信，全是关于狗狗的，一共十四条：

“谢谢，还让你这么惦记！她不太好，晚期的症状很明显，全部转移了，不会吃东西了，我昨天下午请假了，想多陪陪她！”

“今天像她小时候一样喂她喝牛奶，在回忆中释放悲哀。”

“你知道吗，她原来特别活泼，在我们小区很出名，很多小公狗都追求过她呢！可是现在，她一动不动，似乎睁一下眼睛都很累，看着看着，我的心碎了！”

“我知道她的时间不多了，眼睁睁地看着她离去我却无能为力，急死了！”

“医生今天找我谈话了，建议安乐死，我的眼泪差点没忍住，我做过很多宠物节目，知道她很痛苦，也许安乐死更好一点，可是我舍不得！”

“周末我去转了一天，找了一家宠物天堂，想来想去决定将来选择火化，然后准备把骨灰带到我这十年来居住过的五个小区，每个地方找一棵树埋一点，等我想她了，就去看她，这些地方她都可熟悉呢！”

“肿瘤长得很快，手都可以摸出来了！”

“刚才她打针了，精神好多了，吃饱后安静地睡了，跟着感觉走吧，我好多了！”

“回忆了很多开心时刻，我讲给她听，讲她生的九个孩子，夸她漂亮，说她好了什么的……有我的声音陪着，她就很安静。回忆着、说着、陪着，我觉得悲伤没了，后来想，陪着她其实就是陪着我的一段人生，说出来，也就放下了……”

“什么都不想干，就陪着她，她那么无助！”

“今天我的前女友在我的邀请下来看她了，是她把皮皮从市场上买回来的。我们在医院聊了很久，皮皮就在旁边听着，就像十年前一样，那时，我才二十一岁。”

“情况越来越糟……”

“昨天她还可以睁开眼睛，今天却不可以了。”

“一切都过去了，她和我的十年。谢谢你这些天听我絮叨。”

看到最后一条，我禁不住眼眶发热，狗狗，一路走好！

这些天，姜哥一直沉浸在皮皮离去的悲伤之中，平时我从来没有见姜哥这样多愁善感过，于是我突然想，姜哥之所以给了狗狗那么多关爱，除了责任以外，还有一个重要的道理在其中——男人是“被需要”的。如果姜哥有一天晚上没有准时回家，皮皮可能就没有饭吃，不能有人陪着，所以他必须按照“狗狗的时刻表”来安排自己的事情。很多女生常常抱怨，自己的他又没有准时回来，又没有关心自己，这个时候不妨想想这一男人“被需要”理论，智慧地告诉你的他，如果他没有准时回来，可能你就会吃不香、睡不着，就会担心、牵挂、想念，激发男人骨子里的保护欲，他也许就乖乖听话了。

每个女人都喜欢这样的男人

我的节目中几乎每个有过感情经历的女孩子来到现场都会动容地讲述当年的爱情故事，其中讲的最多的是爱情中的浪漫：

“那年，我们在一家咖啡厅中相识，我偶一抬眼，正好瞥见了他，一对干净、黑白分明的眸子，一下子抓住了我的心。更有缘分的是，晚上老乡聚会，竟然发现那双眼睛恰好又坐在对面，于是，觉得这是剪不断的缘分！”

“那年，我过生日，我们到凤凰山旅游。我正在房间里小憩，他打来电话，邀请我去楼下吃饭，一出门就要求我闭上眼睛，他拉着我的手，一步一步走到餐厅。就听身边一声声惊叹，但是他不许我睁眼睛，直到听见他在我耳边耳语说喜欢我。然后就看到一大堆气球从眼前飘过，还有好多的鲜花、蜡烛和蛋糕，就是那种极致的浪漫，我想那一瞬间我爱上他了！”

“刚认识他的时候，我们很穷，从来不舍得去餐厅吃饭。我特别喜欢吃凉皮，每天晚上他都会去单位接我，然后到我的宿舍，从抽屉、衣柜或者其他更意想不到的地方拿出一份凉皮，每到那个时候，我都觉得自己是世界上最幸福的女人。”

这些，都是美女们讲给我的真实故事。

虽然这几段情感，最后都飘走了，但这些浪漫的回忆却始终深深地印在她们心里。我想，这些情感给她们带来的伤害一定比浪漫多，但是，女人就是这样，宁愿记住那些更美好的东西。

不过让我觉得最浪漫的事不是鲜花不是烛光，而是一个男人的眼泪。那天录节目，一位五十七岁的伯伯讲他的故事：妻子五年前得了乳腺癌，已经无药可医，先生每天陪着妻子治病。医生说她的生命最多只有两年，但他们共同创造了奇迹，度过了第四个年头。妻子的病越来越严重，瘦得只剩下七十多斤，饭需要鼻饲，大小便都不能自理。每天先生一定要做的事情就是轻轻地趴在病妻的耳边，亲吻她，然后说：“亲爱的，你还是那么漂亮！”一个女人病到容颜已去却还可以得到男人这样的一句话是多么感人啊！我认为这就是爱，这就叫浪漫。

这个讲故事的男人看上去又瘦又矮，不英俊也不富有，但我相信他一定是大多数女人都喜欢的男人，因为他知道不离不弃，这是爱情中最重要的东西。

英国一位八十七岁的老翁，结婚已经六十年了。六十年来，老先生始终如一，每天早上给妻子送一枝玫瑰，并且亲吻妻子。报纸上登出了他们两人拥吻的照片，白发苍苍，皱纹深刻，在旁边那朵玫瑰的映衬下依旧显得光彩照人。

因为这么多年的坚持，这位老翁被评为最浪漫的男人。

送花，本是件很简单的事情，可是坚持六十年，两万多个日子，一天都不间断，就很让人敬佩了。我羡慕那位八十多岁的老奶奶，能够得到一个男人如此始终不渝的爱，很幸福。很多男人当然也很爱妻子，可惜不会表达，可能一辈子一朵花都没送过，让妻子很抱怨！于是我身边很多女友都说，要找老公就要找个浪漫的，哪怕他不够帅，不够有钱，但是执著的爱更让人动心。

如果你爱上一个女人，那么就坚持为她做一件事，可以是每天送一枝花，可以是每天说一句情话，可以是每天写一张卡片，只要坚持，哪怕你做的是最简单的事情，给你们的情感带来的就是珍贵的回忆。这样的男人就会让女人觉得为他付出多少都心甘情愿。

最易赢得女人芳心的一招

我一年要录好几百期情感类节目，所以，对与爱情相关的事情，我觉得自己还是很有发言权。

我一直认为两个人谈恋爱外在的条件还是要基本般配的，比如身高、气质、形象等等，但一位来录节目的男嘉宾给我上了一课，他用最简单的方式告诉我，赢得女人的芳心其实和外在条件没有必然联系，只要你方法得当。

这位男嘉宾身高一米六五，喜欢上了一位比他个子高很多的气质女孩。

女孩清纯可爱，说话直率，是那种很多男人都喜欢的类型。因为她个头不小，采访她时我特意问了一个问题："你在意另一半的身高吗？"

女孩点点头，"在意，我喜欢个子高一点的男孩！"很明确地表达了自己的意愿。

于是我对下一位男嘉宾有点担心，因为之前备稿的时候我已经知道接下来上场的男士个子有点矮，但只见这位男士很自信地走上台来，先是给女孩现场画了一幅山水画，然后又送上了提前准备的鲜花。

即使这样，我还是能从那个女孩子的眼睛里看到"没感觉"三个字，我都觉得她是出于礼貌在帮我录完节目。

不是我用世俗的眼光看这一切，是现场所有的人都觉得这事绝对不可能。但这位男士用自己的努力再次为我们证明了那句老话——一切皆有可能！也同时告诉了我们一个真理：最容易打动女孩子的其实就是一招——执著热烈地追求！

来听听男士的真挚表白：

"我第一眼见到这个女孩子的时候，就觉得她是我想要的老婆人选，我一定要追求到她！

"我今年三十五岁，做过很多职业，现在是职业经理人，虽然算不上很有钱，但在北京一定可以过上比较富裕的生活。我想和这位姑娘说，我会用我的一切去赢取你的芳心，也许有的人可以给你金山银山，我只能肯定地告诉你，哪怕家里只有一碗米了，那也绝对是你的！

“我是一个很温柔的男人，我会尽我的全力让这位姑娘成为世界上最幸福的女人！

“我从来都是一个很认真的人。我现在下属有四十多人，每天给我交报表，我都会一个字一个字地审查，将来如果你能给我这个机会，我会把给你写的情书作为世界上最重要的报表来写。

“姑娘，我只恳请你给我一个请你吃饭的机会，只希望你来试着了解我，我真的好喜欢你！”

在那个场合下，这些话说出来，真的让人特别感动，感动于一个男人的真诚和热情。

心理学上讲，女人是听觉动物，通俗点说就是女孩子都希望男人说体己话，说情话，说好听的，在那些美妙语言的背后，隐藏着女人小小的虚荣心，被人疼爱的虚荣心。

很多男人说：“我不喜欢来虚的，我用行动表达爱这个女人不就可以了，为什么非得说出来呢？”

爱情科代表告诉您，这还真得说，由于您表达了爱意，不可能就变成了可能；由于您准确地表达了情感，女人就会黏你更多一些。多少对爱人争吵时，一句“我爱你”胜过无数拳头的力量。

这期节目的结局，大家可能都猜到了，那位男士的真诚追求和炙热表达最终打动了姑娘，姑娘在节目的最后答应了男士的邀请，这个周末他们将共进晚餐。

看着他们走出演播室，我不禁感慨：执著热烈地追求、勇敢表达出自己内心的爱是最容易赢取女人芳心的一招，男人们，在爱情上千万别不开口。

适时地对你心仪的人说一句“我好喜欢你！”确实挺打动人！

男人，浪漫点很重要

做了很多情感节目，对“浪漫”的理解就多了一些，它可能不简单的是一束花、一个吻、一个眼神、一个拥抱，更多的浪漫来自于等待、惊喜、疼爱、赞美以及丰富的创造力。

我见过的浪漫之最是一对三十年没有见面的初恋情人，男方在电视上看到女方的一条征婚广告，然后历尽艰辛找到她，并且在亿万观众面前说：“我等了你三十年！”那一刻，我的心被深深打动，我想，这对于他们俩来说都是一生中最浪漫的一天。

我见过一位白发苍苍的老人老伴去世了，在我们节目中认识了另外一位大姐，两人就像年轻人一样从网上聊天到电话“煲粥”再到见面、结婚，老先生在我们的现场深情地说：“我爱你！”这还不是最浪漫的，后来两人到老先生老伴的坟前，大姐摸着石碑对那位已经走了的人说：“老姐姐，你把他交给我你就放心地走吧，我一定会好好照顾他，你在那边也自己照顾好自己，我们会常来看你！”这些话，我认为很真实，很诚恳，很浪漫！

一对年轻人，第一次见面是在我们节目中，那个男孩送给女孩子的礼物不是鲜花而是一盘菜，女孩子吃着吃着就哭了，说：“我从小失去父母，从来没吃过这么好吃的菜！”那个男孩说：“喜欢吃，以后我就天天给你做！”后来他们俩相爱了！

一位中年大姐，录过三次节目，终于碰到一个自己喜欢的男人，两个人发展迅速，录完节目的第十二天就领了结婚证。我问大姐：“他对你做过的最浪漫的事是什么？”大姐的回答很“雷人”,“他帮我带孙女，特别细心，看他抱着那个小宝宝，我就觉得很浪漫，很幸福！”

一个年轻的男孩子打电话给我，说想在我的节目中向他的女友求婚，于是一天下午，他们俩来了，女孩坐在那里看着大家表演节目，笑得很开心。突然，男孩捧着一大把红玫瑰走了上来，毫不犹豫地单膝跪地，“亲爱的，嫁给我吧！”女孩喜极而泣，两人在舞台上拥抱了很久。台下，我们的女编导说：“以前觉得求婚真俗，在这个现场我却被感动哭了，我想，有些形式还是需要的，真浪漫，真美！”

我不知道男人们喜不喜欢浪漫这事，但女人们都喜欢。

不要把制造浪漫当作一件任务去完成，而应当作一种对自己的挑战，挑战之后你会发现，浪漫真美，它带给你的可能是成就感，也可能是一份真正的爱！

男人浪漫很重要，因为女人与生俱来会制造浪漫，而男人则需要学习。

爱情中千万别偷懒

懒惰，是男人在爱情中最容易犯下的一个错误。

爱情中懒惰，不是我们通常意义上说的懒得洗袜子，懒得做家务，懒得剪指甲，而是指对女人的用心越来越少，不再动脑筋去制造浪漫。

很多男人说："我不是个浪漫的人，所以做不出那么多浪漫的事。"

那我只能回答你，那是因为你不够爱这个女人。

当一个男人爱上一个女人的时候，他是那样地勤快，每时每刻记着发短信，每时每刻想着如何能让她开心。而当一个男人彻底征服一个女人的时候，他常常变得懒惰，没有了斗志，一整天都不主动发一条短信，那种鞍前马后的问候也早已变成了过去式。

当年大勇爱上燕子的时候，我们都很羡慕。

大勇追燕子四年，最初燕子家人觉得大勇家境、工作一般，不是很同意。但是大勇很执著，每天给燕子写一封信，不管燕子看不看，都准时寄到她单位的传达室。那些信中写满了大勇的爱慕之词，有的时候还会夹一只千纸鹤，或者麦当劳的优惠券，抑或是一片香山的红叶。

在他们的结婚典礼上，我曾经看过那些爱情的书信，厚厚的一沓，足足有一千多封。

那些信件里有情诗，有散文，有的只有一行字："今天，我真的好想你！"我看这页的时候就觉得，碰到一个这样的男人，真是三生有幸，很羡慕燕子。

可是，就在去年，他们离婚了，是燕子提出的。

十年的婚姻走到尽头，源于那个男人的爱情懒惰症。结婚之后，爱情终于修成正果，大勇觉得踏实了，便一心趴在工作上，有的时候回家很晚，有的时候忘记了关心。

可是，燕子已经习惯了这个男人的呵护，一下子适应不了被人冷落的感觉。

虽然燕子很清楚男人从“奴隶”到“将军”的必然过程，也试着接受这一切，可是当家里的马桶坏了一年都没人修理；当大部分夜晚独守空房等着那个男人归来，然后说不上几句话，他就躺在那里就睡着了，她开始觉得这不是自己想要的生活。

燕子知道，大勇是个爱家的男人，想多赚点钱让她过好日子，可是已经记不清多久没有过热烈的拥抱了；也记不清多久没有享受过深情的吻别了；更记不清多久没有收到大勇的信件了！有的时候上班路过传达室，燕子都会心里难受一下。钱固然重要，但是对于女人来说，被人关心呵护更重要。

深思熟虑之后，燕子提出了离婚。大勇蒙了，他绝对想不到“到手的鸭子”还会飞！

他赶紧亡羊补牢，又开始写信、叠千纸鹤，甚至比十年前还认真，可是，燕子的心已经走了。

看到这篇文章的男人们，请认真地想想，多久没有给她买花了，多久没有认真地拥抱过她了。繁忙的生活常常让我们在爱情中变得懒惰，但是如果你还爱她，就真不能懒，哪怕少洗一双袜子，少看一场球赛，用这些时间琢磨一下她，为她做点事情，和爱情有关的事情，她一定会很开心。

勤勉，可能让你获得一份热烈的浓情。

懒惰，可能让你丢失一份到手的爱意。

对付女人疑心病的三个妙招

小琪，今年只有二十二岁，大学本科毕业，外企工作，是那种气质五星的美女，有一个深爱她的男友，爱情、事业两得意，这样的女孩子不知道还有什么烦恼。

别说，还真有烦恼，而且让这个漂亮的女孩子痛苦不已。

小琪自称患上了爱情猜疑症，只要男朋友不在身边，她就开始胡思乱想，想得很神奇，让人听来都觉得离谱。但是，晚上回家的路上我仔细一想，其实小琪身上的问题几乎所有恋爱中的女人身上都有，只是程度不同而已。

第一，就是关于看美女的事。

据小琪说，她和男友恋爱这一年来，从第一次上街两人就闹别扭，原因就是男友总是乱看。据小琪说，只要有漂亮女人走过，男友就会不由自主地看过去，小琪很生气，“我这样一个大美女站在你身边，你竟然还东张西望，太过分了。”于是争吵开始。

现在，小琪的男友和她上街都不敢抬头，但小琪认为他在看女孩子的脚！

第二，是和女同事吃午餐的事。

男友单位女孩子很多，中午经常一起吃饭，这事小琪特别反对，但是工作中也不能没有交往啊！为这事两个人也天天闹别扭，“知道我不喜欢你和别的女孩在一起，为什么你还非想去呢？”

小琪的例子稍显极致，但是仔细想想，恋爱中的女孩子谁不吃醋、谁不小心眼呢？几乎每个掉进爱情陷阱的女孩子都会患上“爱情猜疑症”。

在节目中，我们的心理专家为小琪的男友支了几招，效果还不错，我写出来和大家分享：

第一招，女友不让男孩子看美女，怎么办呢？总不能闭着眼睛出门吧？专家给的意见是：看还是可以看的，但是看过之后一定要补上一句话：“这女孩，是挺漂亮，可是腿太短了，不像我家大宝贝，那么完美！”或者说：“这女孩太妖艳了，我就不喜欢这样的女孩子！”

心理专家说，男人是视觉动物，看美女是天性，但大多数只是看看而已，控制太紧，容易过犹不及。

第二招，针对女友不允许和女同事吃饭的事情，方法也很简单，首先要两个人约定好，和异性在一起的话必须提前汇报，比如吃饭前发个短信：“亲爱的，中午会和同事们吃个饭，想你哈！”女孩子也要同意，只要提前汇报，就不许胡思乱想。

当然，如果要做得更到位，就在吃饭的时候给女友再发一条短信：“正吃饭，想念你！”这样就更好了。

第三招，是给女孩子的，爱情中不要爱得没有了自己，自信非常重要，所有的疑心病都源于自己的不自信，要明白自己越不自信，对方越不会重视你，可能开始会迁就你的疑心，但时间长了男人就会很反感。

爱情总是美丽的，但也是需要经营的，希望这些小办法能够让你的爱情更长久！

最经典的情人节礼物

我有一个小箱子，里面装的都是他送给我的礼物，有钱包、发卡、丝巾、钢笔，还有很多造型奇特的娃娃。

每年情人节，我都会打开小箱子，数数我的“宝贝”，回忆一下这些年来和他在一起的点点滴滴。

应该说，每一件礼物都曾经让我欣喜若狂，每一件礼物我都喜欢。

但是一堆“宝贝”放在那里，就会不由自主地在心里比较一下，哪一个才是自己的最爱。

他给我送礼物，不论礼物大小，都会附上一张贺卡或者一封短信，上面的话温馨并且踏实：

“这是我们的第一个情人节，感谢上帝把你带到我面前！”

“这一年，谢谢你关心照顾我的爸爸妈妈，买了好多好多的玫瑰花，你说过你会喜欢！”

“女儿出生了，我就把你们俩都当作女儿养啦，反正你也很任性，情人节快乐！”

所有的礼物看过来，最喜欢、最珍贵的其实是那些片言只语。

现在情人节已经被大家“炒”得变了味道，似乎只有最贵重的礼物才可以表达最深切的爱，写这篇文章就是想告诉那些在爱情中的人，最经典的情人节礼物其实是一封信件，写满了爱语的信件。

所以，情人节的时候，不论你送给她什么礼物，都不要忘记附上几句浓浓的爱的话语。

女人都喜欢美化过去的爱情

情感节目《选择》已经做了三百多期，每期五个相亲者，这样算来我已经听过一千五百来人来讲自己的爱情故事了，这其中大部分是女性。总结一下就会发现这么一条重要的规律：几乎所有的女性在谈起上一段爱情的时候都会或多或少地美化它。注意，我说的是上一段爱情，而不是上一段婚姻，因为婚姻解体常常会打得头破血流，而爱情结束，往往是留下的美好更多一些。所以，听一百个女人讲过去的爱情，听到的往往都是童话般的美丽故事！

下面这几段话，是几个女孩讲给我的过去情感中的小细节：

“他对我特别体贴，那个冬天，天气特别冷，他背着我跑啊跑啊，跑得我们俩都满头大汗，坐在街边傻傻地笑了半天！”

“那年我过生日，他带我到学校的操场上，突然就从篮球架下拿出一个大蛋糕，抱着我说‘我爱你’，当时我就哭了，这件事我一直都记得，一直到今天。”

“上一个男朋友对我特别好，每天给我洗脚、按摩，以至于我和他分手之后很长一段时间都缓不过劲来！”

“以前每天下班时，他都来接我，风雨无阻整整四年，我很怀念那段生活！很怀念那段感情！”

大家在给我讲过去情感的时候，常常会不由自主地沉浸在曾经的那些日子里，甚至泪水涟涟，于是我就在思考，既然过去的那样美好，为什么以前我们不花时间去调整自己、适应男友，而要开始新的感情呢？

于是在一个阳光明媚的下午，我也试着回忆自己十二年前的一段情感。可能因为过去太久了，我好像都想不起来他长什么样子了，很努力地回想，想起来的竟然都是美好的感觉：鲜花、誓言、痴情，似乎还是个不错的男人嘛！但是再往深回忆，就会更多地想起分手时冰冷的眼泪；就会想到找不到人时心里空落落的痛；就会想到他的谎言、他的变心、他的冷漠。正因为痛比爱多，所以最终大家分道扬镳了，各奔东西了！

想完之后我就明白了一个心理学的道理，人的记忆都是趋美的，或者说我们都会“善良地改变”我们的记忆，对于过去的情感，我们不经意间已经美化了它！同时这样的想法还表现了女人的不知足和虚荣，总是希望下一段感情必须比上一段美好，所以，就会强迫自己记住并且夸大那些曾经的美丽，然后不断地强化这种记忆，然后以此来要求新的男朋友。

不经意间，我们已经美化了曾经的感情，当然，美化一下给自己留份温馨的回忆也没什么不好，但是你一定不要拿这种夸大出来的美好来要求新的感情！

男人对女人和车的几大异同

有人说，男人有两个情人，一个是他的女人，一个是他的爱车。对于男人来说，爱情和开车有异曲同工之妙。比如，舍得给车花钱的男人常常是舍得给女人花钱的；车里很乱的男人家里也常常很乱；喜欢红颜色车子的男人，常常也是喜欢个性十足女孩的，如此等等。

新手司机第一次买车，一般对车都不会有太多的了解，所以大部分看的是车的外观、颜色，以及方向盘的手感，而对于发动机的性能，大多数新手是不太考虑的。就像男人第一次谈恋爱，一切都是新鲜的，而且没有经验，所以男人初恋找的常常是漂亮的女孩。

后来，失恋了，然后再恋爱，再分手，对女孩子有了经验，漂亮已逐渐不是找女朋友的第一条件，孝顺、善良、懂事成为了找对象的前提，就如男人买第二辆、第三辆车，外表不再是什么重要条件，实用、适合自己才是最重要的，只要不是过于难看。

开车的人对第一次刮蹭一定记忆犹新。刚刚开车，车就是宝贝，结果一不小心磕碰了，心情真的是糟糕透顶，下来看了又看，就像一个口子划在心窝上。哪怕只是一个小划痕，也恨不得立刻开到修理厂，赶紧弄好了，这个时候完美在男人的心里，是非常重要的，就如他们对待自己的第一个女朋友，宝贝一样地捧在手里，她一撅嘴，他的心里就蜇得疼，就赶紧道歉，赶紧哄开心，和好如初是那样的重要。

到了第二辆、第三辆车，男人们对车的小刮小蹭就渐渐视而不见了，常常想着等小伤口积累到实在看不下去或者已经不能用了再去修理，就像对于女人一样，渐渐地懒惰了，有了小隔阂也不着急去沟通。

结果，往往可能等到伤口大了，男人的能力已经不足以弥合这个创伤，便以劳燕分飞告终。

男人都知道爱车每过五千公里就必须保养一次，只有保养得当才可以使车的使用时间久一点。大部分男人再忙也会去保养车，是因为如果不保养车就可能开不动了，毕竟花了那么多钱买来的，大钱都花了，小钱就不能省。但是对于女人，男人们常常就犯傻了，最初保养过于勤快，又是送花，又是送巧克力，殷勤献得极勤快，同时也使女人变得在爱情中娇生惯养。既然已经这样了，那就坚持下来也行，可是，男人们过了最初的新鲜期，就把爱情保养这事看淡了，甚至忘记了。对此，女人一定要明白。

所以女人们要做的，就是胜不骄败不馁，男人勤快的时候你要淡然看待，男人懒惰的时候咱也得宽容以待。当然，聪明的男人也要知道，学会给爱情不断地保养加油，才能使爱情变得更美好、更甜蜜。

此外还有，开车的磨合期在最初，磨合好了，才能人车合一，爱情的磨合期在婚后第一年，因为我们面对的是爱情以外的现实。

如果你有男朋友了，不妨让他看看这篇文章，告诉也多给爱情加油和保养；如果你还没有爱情，就把这篇文章记在心里，对男人多一点了解很重要。

房子，给爱情一个容身之处

一个二十九岁的女子，来到我的节目中，她想离婚。

她和老公结婚四年了，日子一直过得还算不错，但是前不久的一件事情，让妻子坚定地想逃离这个家！

这件事情和房子有关。

他们俩结婚之前双方父母凑钱给他们买了一套房子，其中女方父母出资二十万，男方出资十八万。

很快，两人就领证结婚了。

这女孩子比较糊涂，结婚之后从来没有见过房产证，也没有问过，因为她打心底认为这个房子是两个人的共同财产。可就在前不久的一天，两人吵架了，妻子一着急就说了句离婚，没想到丈夫竟然说："离婚可以，可是房子没你的份！"

女孩子蒙了，然后去咨询律师，结果让她快崩溃了：房子是在领结婚证之前买的，写的是丈夫的名字，单从法律上来说，如果没有证据证明当时女孩子出过钱，那么这房子就要算是男方的财产，和她没什么关系了。

女孩子突然觉得很伤心，本来就是一句玩笑说离婚，结果这一折腾，她还真就想离婚了！哪怕这房子不给自己也无所谓，就算是自己在这场爱情的大赌博里赌输了。

从那天开始，女孩子回娘家了，再也没有回过那个曾经温暖的家。

节目现场我问这位男士、想离婚吗？

男人坚定地说不想，他说当时其实就是一句气话，他也认同这个房子是两个人的共同财产。

主持了很多情感节目，发现一个共同规律，几乎所有的女人结婚的时候都会比较在意房子的归属问题，也就是房主写谁的名字，并不是说所有的女人都爱财，更重要的是安全感的问题。

每个女人在结婚的时候都期待着这个男人和自己携手到老，在爱情中男人们也常常会说“我的就是你的”，但是在实际行动的时候，总有很多人会动脑筋把尽量多的财产归到自己名下，我不知道这样的行为属于不自信呢还是属于太现实。

我倒是认为，两个人在结婚前就应该把财产问题约束清楚，最好写个协议。如果人家约定了房子就是男方的，咱也不惦记；如果他愿意把房子改成两个人的，咱也别拒绝。毕竟每个女人都需要在婚姻中寻找安全感。

后来，那对夫妻在我们节目中律师的帮助下，签署了一份协议，说明房子是属于两个人的，签字的那一瞬间，我看到女孩的眼泪顺着脸颊流了下来，我相信，她拿着这份协议就是拿到了一个心理安慰，我也相信，这事她委屈了。

录完节目，妻子说，今晚就搬回家住。

丈夫说，以后不会一着急就说气话了，其实，他很爱自己的妻子！

房子，这本是爱情之外的东西，但是在很大程度上它可以给爱情一个栖身之地，所以有条件买房子的时候，特别是婚后，不妨写上女方的名字，因为从法律上说婚后买的房是属于两个人的共同财产，写谁的名字都一样，还不如给女人一个心理安慰。

再说了，万一有一天要分手了，情都没了，要房何用？

一个80后男孩的爱情观

柿子是我对他的“爱称”，因为他长了一张酷似冻柿子的脸。他倒也不生气，见面了总是亲切地叫我“姐姐”，是个讨人喜欢的小男孩，嘴甜、心善、办事稳妥。

柿子1983年出生，那年我都八岁了，八年，足以形成代沟，正如我和柿子的爱情观是那么地不同。

柿子在同龄人中绝对算是成功男孩，我用了“男孩”这个词，是因为在我心里他还是一个小孩子。柿子三年前就有了自己的公司，做的是室内设计方面的工程。他自己从小学画画，十九岁就获得过设计大奖，大学三年级就有了自己的工作室，而且生意非常好。

我曾经是柿子的客户，后来成了他的朋友。

和柿子见面不多，但联系不少。

前不久，柿子结婚了，婚后不久妻子就怀孕了，明年他们将有个可爱的宝宝。看到这里，你一定会觉得柿子的生活很平静、很幸福，以前我也是这样认为的，但是后来的一次谈话，让我对这个80后的男孩“刮目相看”。

那次，柿子找我谈给他主持婚礼的事情。

我说：“柿子，恭喜你啊，要当新郎了，特激动吧？”

柿子直摇头，“激动？姐，别打击我了，我是没办法，要不是她家人拼了命地催，我才不想结婚呢！再说了，我们俩同居都快三年了，早已经是左手摸右手，激动啥呀？”

我一听柿子这样说，立刻拿出一副过来人的样子，给他讲道理，什么要举案齐眉了，什么要白头偕老了，什么要相敬如宾了，诸如此类的，还没讲五分钟，柿子已经不耐烦了，“姐，这都什么年代了，改革开放了！你懂不懂？爱情也要改革了，现在想找个婚外没情人的男人，那都得去北极！”

“既然你这样想，还结什么婚呀？”我反问。

柿子哈哈大笑，“这还不明白啊，给我爸妈看啊。再说我老婆那人，特别传统又顾家，很适合当老婆的，洗衣服做饭没得挑，我每天应酬多晚从来不和我啰唆，把我爸我妈哄得可高兴呢！我妈挺喜欢她的，找老婆就得找这样的，将来我外面有人了，她肯定也不会说什么，这样才能保证家庭稳定啊！”

还没结婚呢，就已经想着将来“外面彩旗飘飘”，难道这就是爱情改革的结果吗？

柿子告诉我，他的婚礼将非常隆重，但那都是秀给别人看的，他自己觉得特别无聊，可是又没有办法，只好硬着头皮去当好男主角。

柿子说，他二十岁的时候已经有了“四十不惑”的心态。只要老婆愿意，他会和她白头偕老，因为离婚太麻烦。

柿子还说，他找婚外女友的第一条件就是不会给他的婚姻带来麻烦，在婚外，柿子希望只是单纯的爱情和激情。

后来，我去给柿子主持婚礼了，因为除了不认可他的爱情观以外，我还是把他当好朋友的。

那个新娘的确很温顺，怯怯地站在那里，目光却总是随着柿子走，看得出来，她爱柿子多于柿子爱她。

不知道为什么，每次和新娘说话的时候，我心里都特别心疼她。我把这种感觉和最好的闺蜜说了，她笑话我杞人忧天，用她的话说就是

“一个愿打，一个愿挨，你管得着吗”。是啊，我管得着吗？但我还是想把它写出来。

一天中午，给柿子打电话：“柿子，我想把你的爱情观写出来放在我博客上，可以吗？”

“姐，没问题，很多人都是这样想的，只不过他们没我直率，不说而已，不信，你看看你那些博友的留言，肯定特别多人支持我！”柿子痛快地回答。

于是，深夜，我写下了以上的文字。

当然，我觉得柿子是个个例，或者说太过现实，如果没有爱到骨头里，那么就得认命，享受平淡的感情生活，否则，就如走在刀刃上，随时都有被刀割伤的危险。

第六章
优秀的女人胜在平均分高

在做智慧女人的道路上，

我们要一直向前奔跑……

YOU XIU DE NU REN SHENG ZAI PING JUN FEN GAO

成功男人喜欢什么样的女孩

我一直认为，男人都是喜欢美女的。

难道不是吗？

可是一位成功男士告诉我，男士是比较喜欢漂亮女孩，但是如果交男女朋友的话，他们更倾向于智慧型的女孩子！

木木是一名成功的商人，我在三年前认识他，之后偶尔会吃个饭聊个天。

前两天，我们在一次聚会上碰到了，大家那天聊的主题就是什么样的女孩子在这个时代更受欢迎！年轻的男孩子们都会说，当然养眼一点比较好！

而木木和几个三十来岁的朋友则反驳了他们的观点。

木木说，男人到了事业成功的时候，就更需要心灵的抚慰，渴望身边的女朋友能和自己有深层次的交流，最好可以帮助自己分析事件、掌握时机。这个时候的男人在人前很累，两个人的时候就想轻松一点，有人帮他出主意、做计划很重要。很多女孩子第一眼看上去很漂亮，可是见一两次之后就会觉得没有话题，像白开水一样没有味道。男人成功以前喝白开水已经喝了不少了，这个时候需要泡杯铁观音了！

当然，每个女孩子都是从平淡无奇的白开水成长过来的，只是用心的女孩儿把自己泡出了醇香的铁观音味道，而没用心的女孩子则顺其自然地成了菊花茶或者玫瑰花茶，可以下火，但味道不浓。

那么怎样才能成为男人女人都喜欢的聪明女子呢？爱情科代表总结了几个关键点：

关键点一，学会倾听。

每个人都有倾诉的欲望，特别是成功人士，“曲高和寡”，站得高了，他们常常有话不知道和谁说。我想聪明的女孩子首先应该是个好的听客，少说几句多听几句，这样男人会觉得和你在一起很温暖、很踏实。即使在女孩子的朋友圈里，这样的倾听者也是最受欢迎和信赖的！

关键点二，兴趣广泛，关心新闻。

在一个朋友圈中，一个任何事都知道点的女子肯定会让人另眼相看，这首先要求有好奇心，对什么都很有兴趣。一般来说男人对新闻的关注会大大高于女性，所以一帮男士坐在一起常常就是“时事大讲堂”，而你，一介女子，如果插得上话，并且一语中的，无疑会让这些男人心生赞叹。这里面我的窍门就是，简单了解一下股票、体育方面的知识，其他的多看看新近的新闻就好了。

关键点三，逆向思维，独到见解。

每个人在做自己的事情的时候，大都会正向思维，而你帮男人分析问题的时候，最好是从想达到什么结果往回推理。明确目的，很多事情分析起来就比较简单了！这样的分析常常会让男人另眼相看，而且关键是很多优秀的男人非常骄傲，你的想法如果让他服气了，那多

“牛”啊!

每个女孩儿都希望自己被人喜欢，但是要记住，光把妆化漂亮了绝对不够，就像我们经常说一个小孩子聪明又漂亮，聪明是放在前面的，而且美貌常常是爹妈给的，智慧更多的是靠后天的学习。

在做智慧女人的道路上，我们要一直向前奔跑……

精品女人的三个“Z”

某日，翻看一本不知何年的《读者》，看到一条言论颇为赞同：男人心中的理想女人三要素就是三个“Z”！所谓女为悦己者容，三个“Z”指的都是什么，爱情科代表帮你细细数来：

第一个“Z”是姿色。

虽然我不认同把姿色排在第一位，但不可否认的是，如今这个社会以貌取人的现象还是很严重的。其实也可以理解，“爱美之心人皆有之”，我们都喜欢美的东西，无论是男人还是女人。

好在我们生活在这样一个张扬的时代，美的定义早已多样化，无论你是否天生丽质，都可以把自己打扮得很优雅，优雅来不了也还可以很个性，所以“没有丑女人，只有懒女人”。多花一点时间保养自己，尽量多地留住青春，就是我们每个女性的当务之急！当然光阴并不是很多，因为我们还得用很多时间去争取另外两个“Z”！

不过，这么多年的经历也告诉我，男人找老婆其实姿色并不是最重要的，美女天仙看久了也就那么回事。说到底男同胞们最后想找的还是一个能谈到一起的人，就是一个志同道合的女子。

第二个“Z”指的是知识。

这是三个“Z”中唯一一个只要肯努力就可以得来的东西，而且我非常认同这样一个观点——学习是一件终身的事情！上学期间大家读的书都差不多，离开学校之后其实才是真正分出高下的时候。有的人大学毕业后一年都不看一本书，吃的都是以前的老本，总有一天会山穷水尽。而我一直敬佩那些拥有良好读书习惯的人，不论何时何地，读书都是他们一直坚持的事，于是，他们就变成了“渊博”的人；于是，他们的人生就更为丰富！

在我的朋友中，求知欲强的女孩有很多很多，读书不但让她们秀外慧中，而且也让她们变得平静、宽容、随和，这样的女孩哪个男人不喜欢呢？当然知识除了读书可以学得到，社会这所大学也是非常重要的营养站。

第三个“Z”则是资本。

以前听朋友说过，二十岁的女人要漂亮；三十岁的女人要聪明；四十岁的女人要有钱，这样才比较理想！我倒觉得，无论哪个年龄，只要你的钱财是通过自己的努力得来的，那当然是多多益善，就像俗语说的，“谁有都不如自己有”，唯有自己的腰包足了，心里才更踏实！所以，挣钱要趁年轻。

另外，我比较喜欢夫妻间的AA制，身边的朋友们也一直在身体力行，感觉特别好，认为这样自己和老公不容易因为经济问题产生矛盾，当然这样对于女生来说，压力普遍会大一些。但我觉得花自己的钱底气更足一些，所以，我一直在努力工作！

如果能同时拥有三个“Z”，当然很幸运，只是现实中很难事事都完美。不过，只要努力，只要问心无愧，你总会碰到把你当“理想女人”的那个他！

上得厅堂的女人

平时我们都是这样说的，男人找个老婆要“上得厅堂，下得厨房”。按照语言的顺序就可以看出，“上得厅堂”远比“下得厨房”重要。

那什么样的女人算得上是“上得厅堂”呢？我认为她必须具备以下几点：气质最好不俗；爱好那得广泛；知书还得达理。这三点看起来难，其实做起来都有窍门，我给您一一道来：

首先，女人可以不漂亮，但一定要有气质。

漂亮一般只存在几年，最多不过十几年，可是气质却可以伴随你一生。我曾经有个女朋友，上学时是学校的校花，长得很像钟楚红，当年“引无数男生竞折腰”，后来她如愿以偿嫁入豪门，可谓“春风得意马蹄疾”，再后来听说为了支持老公的工作，她辞职在家专心带孩子，相夫教子，悄无声息。半年前，我偶然碰到她，三十岁的她看上去很憔悴，五官中只有眼睛可以依稀看出当年的美丽影子，还被眼角密密的皱纹掩盖。我们互相留了通讯方式，后来的聊天中我知道了她憔悴的原因——老公有外遇。她说她把所有的时间和精力都给了家和孩子，可这却换不来一个男人的忠诚，她说她为了这个家操碎了心，从不多花一分钱，可是老公却把钱给别的女人花。

我给她支招："你要改变你自己，让自己变得有气质！"很多女人结婚了有孩子了就不再关心自己的形象了，每天土土的，把自己发展成了一个高级家庭保姆，而老公们在外面每天见到的却都是超级美女，一个天上一个地上，也许有一天他就会动心了。更重要的是，你不注意自己的形象工程，时间久了就会缺少自信，认为时尚杂志上的东西离自己的生活很远，等到孩子大了你想为自己活了，"青春小鸟"却早已一去不复返！当然培养气质也不是一件简单的事，是系统工程，但只要你开始注意了，就是胜利。要永远记住，美也是一辈子，丑也是一辈子！如此，为什么不让自己美丽一点呢？

其次，女人最好是博学多才、爱好广泛的。

我始终相信，一个爱好广泛的人一定是一个有魅力的人，哪怕她的爱好就是练练瑜伽、打打网球、看看小说、听听新闻联播。我采访过很多男生，什么样的女孩最讨人喜欢？答案往往非常简单：谈得来的女孩。"谈得来"这三个字看上去很简单，可真要想和男人们谈得来，并不是一件简单的事情。首先你要了解他的年龄、职业、爱好，其次还要知道什么场合说什么话。男人出席应酬时不喜欢带自己的夫人，很多时候都是因为老婆不会"说话"，不能够和同事们聊得开心。所以如果你想"上得厅堂"，就得首先提高自己，让自己变得爱好广泛。我这里有一个小窍门，那就是见到老公的朋友就和他们聊三个话题：汽车，足球，政治，男人们对这三个话题总有一个是感兴趣的，然后再加上一些自己的独到见解，一定会让聚会的气氛很好，你也不妨一试。

第三点，就是要知书达理。

过去对大家闺秀的要求首先就是知书达理，现在，如果一个男人能娶到知书达理的老婆，那可真是他的福气。我单位有个同事和他女朋友相处六年了，可就是不结婚，我问他原因，他说："这女孩哪里都好，就是不太懂礼，常常当着我妈的面训斥我，所以我一直没下定决心结婚。"这样的例子真的很多，都说男人死要面子，那你为什么不在人前尊重他呢？再者，在他的朋友家人面前表现得温文尔雅也是一种好修养的表现。如果你做不到，不妨先试着改变自己，别常常为一点小事生气，把自己变成一个阳光的女孩，然后学着宽容，这样的女孩一定是"上得厅堂"的，而且你的知书达理也一定会有回报，那就是老公对你也会很尊重。

我上面说的这三点都是可以通过后天努力得到的，再努力一下，学点拿手菜，你就可以"下得厨房"，这岂不就把自己修炼成一个很完美的女人了吗？

三十岁之前一定要做的十六件事

总觉得自己还小，一不小心却已经超三奔四了！

总以为年轻依旧，一不小心却为人妻、为人母、为几乎所有同事的姐了！

于是，开始学着适应自己的年龄；于是，开始学着欣赏眼角的皱纹；于是，开始学着总结已走过的人生。现在想来，三十岁之前有很多事情是一定要去尝试的，否则走过了青春岁月就会遗憾不已，今天爱情科代表就和大家一起分享几件三十岁之前一定一定要做的事：

第一件事，让我们暗恋一次吧！

暗恋在爱情中是最美的，美就美在说不出、得不到，一切都在暗中进行，让人心神不宁、坐立不安。也许只有在年少时，我们才会毫不犹豫地用几年时间去想念、琢磨一个人，那种牵肠挂肚的感觉让人终身难忘！如果年过三十还去暗恋，那有可能把“恋爱结婚”的正事给耽误了！

第二件事，至少背包旅游一次。

无论去哪里，结果不重要，过程才美丽。我曾经自己去旅游过很多次，大部分时候都是驾车，自己一个人漫无目的地开，哼着《梦醒时分》，看着远处的山和田地；累了就在休息站睡一觉，喝生水，吃盒饭；没人认识我，只有自己在享受那种寂寞；手机一直处于关闭状态，我不想任何人打扰我。这样的旅游每次回来我都像充了电的发动机，可以转很久都不知疲惫。

第三件事，至少跳槽一次。

换一个工作单位，为自己的一生寻找更适合的位置。要知道过了三十岁，我们的工作最好是稳定的、不漂泊的。还因为三十岁之后我们面临要孩子、做母亲的问题，这个时候稳定的心态至关重要。

第四件事，给爸爸妈妈拿回自己赚的一笔钱，每周和父母至少通两次电话。

哪怕只有两千块。当然，多多益善。父母的恩德是用多少钱都还不完的，无论他们是否需要，你都应该节俭自己，给父母存一笔钱。

年龄的增长让我们明白亲情才是世界上最重要的东西，当你遇到困难甚至是生活中的灾难的时候，只有父母会奋不顾身、赴汤蹈火、竭尽全力地去帮助你，所以对于最爱你的人，一周通两次话不算多！

第五件事，学好一门外语。

这个社会已经是全球化的了，今后的几十年，你有可能大量地用到一门外语，也许是工作上，也许是旅行时，也许就是教育孩子时。学习语言肯定是越早越好，而且三十岁之后我们的重心常常在家庭中，很难再拿出整块的时间来研习一门外语。今天就开始吧！Let’s go！

第六件事，认真地给你的爱人写封情书。

年纪大了，动笔的热情可能就会少了很多。所以趁着年轻时的热情劲，在纸上留下爱的印记吧。

第七件事，喝醉过，酩酊大醉那种。

享受一下那种飘起来的感觉，很舒服的，而且放松，一辈子清醒的人活得太累。只有和好朋友在一起才可能喝得很放肆。当然，女人年纪大了，就不适合大醉了，会显得不够稳重。

第八件事，认真地交往三五知己，他们可能会成为你一生的朋友。

等你到了五十岁，你就会发现，最好的朋友常常都是小时候或者年轻时交往到的，因为他们最了解你，不管你贫富贵贱，都会一直在你身边。

第九件事，热爱运动，打下良好的身体基础。

第十件事，每天发呆十分钟，就是随便地幻想一下。

年龄越大我们就越没时间幻想，或者说越不会幻想了，因为我们已经渐渐被现实压弯了腰，得为房子、车子、票子、孩子奔波，发呆就成了一件很奢侈的事情。

第十一件事，保持每个月读两本书的习惯。

这个习惯很重要，这个习惯会让你离这个主流社会不太遥远，关键是读书还可以提升你的修养，让浮躁的你安静下来。

第十二件事，有至少一个偶像，为你的偶像至少做过一件傻事！

比如花一个月的工资去看他的演唱会；比如为了索要一个签名在酒店外傻等三个小时；比如把他（她）的照片贴满宿舍，这样的事情年龄大了就不会再去做了，其实这是一笔很珍贵的回忆。

第十三件事，在好朋友面前毫不掩饰地哭，发泄一下。

每个人都遇到过烦恼，可能是失恋，也可能是失业，还有可能就是不开心，年轻时不要把自己伪装得很坚强，没必要。

第十四件事，捐款。

给比你更需要帮助的人，而且是真实地捐，心甘情愿地捐。

第十五件事，生一个孩子，看着他（她）成长。

所有的医生都说，生孩子，二十五岁是最佳的年龄，而城市中的女人常常因为压力不得不晚要孩子。其实早有早的好处，那就是他（她）长大了，你还没有老。我女儿二十岁时，我五十一岁，想着都觉得挺可怕的。

第十六件事，为最好的朋友两肋插刀。

这十六件事，三十岁之前最好一件都不要落下，因为我们只能年轻一次。

两个人的十二年

十二年前，我第一次见到她，齐齐的刘海，黑黑的眸子。

那年，她二十岁，我也是。

有爱情的她和孤独的我一拍即合，我们常常在她的工作间聊天，有一搭没一搭地，那时我从来都不知道她会成为我生命中很重要的一个人，只是觉得，有个同龄人说说话挺好的。

接下来的三年中，我们没有任何联系，我到了另外一个城市，开始了一段新的感情，忙忙碌碌的生活让我几乎忘掉了她，记忆中只有齐齐的刘海和黑黑的眸子。

在那个城市中，我开始做主持人了，生活角色的巨变让我一时难以适应。年轻的时候我们都不懂得含蓄，张张扬扬地游走于工作和爱情中，直到有一天，我决定到北京。

临走的一天，接到了她的电话：“我失恋了，我要去北京了！”

我说：“我们同路，搭个伴如何？”

北京广播学院，我俩顺利地入学，顺利地成为室友。

这是八年前的事，那以后我们的亲密接触就开始了，我们一起上课，一起吃饭，一起找工作，一起为钱发愁。她失恋了，但是藕断丝还连，那段感情一直断断续续了十年，她就是这么一个很执著的人；我也失恋了，是决裂的那种，分手的第二天我就换掉了电话号码和过去一刀两断。

不同的方式可能因为我们不同星座的原因吧，我们俩同年同月生，她只比我小三天，就生生地成为了两个星座，我是天秤，她是天蝎。

在最穷的时候，我们俩常常谈到未来，理想都是巨大无比的那种，不可实现的那种，颇有点望梅止渴的味道，这些无聊的幻想陪我们度过了很多个不眠之夜。

渐渐地，她成为我最信任的人，用“闺中密友”这四个字都不能形容我对她的依赖。我清楚地记得，有一次我和男朋友吵架，一个人走在长安街上，没带手机没带钱，好不容易从兜里翻出一张电话卡，想都不想就拨电话给她，什么话都顾不上说就大哭，全然忘记已经深夜。她从通县的广播学院跑了出来，赶了几十公里的路程，在长安街上绕了三圈才找到我，那一夜我睡在她的床上，哭得一塌糊涂。

我就是这样，在爱情中，像个傻瓜，第二天人家来一哄，我就好了伤疤忘了疼，然后就又开始我的精彩生活了，留下她一个人住在学校冰冷的宿舍里。那年冬天，学校暖气不好，她睡的下铺旁边的墙上都结了冰。

后来一段日子，我自己在外面打拼，找工作累得腿都软了，很少关心她，但是只要我失败了、伤心了，都会第一时间回到她的身边，诉说，然后就有了新的力量。她已经成了我的家，心里的家。

而她，那段日子过得并不是很好，在爱情中分分合合。那个男人和我一样，总是在需要她的时候才来看她，可是她从来都没有抱怨过，每天下课她就一个人待在宿舍里，生怕错过他的电话。就算是那样地想念，她都从没有主动给他打过一个电话，她做的只是等待。

当我知道这些事情的时候，已经是好几年之后了。我已经在工作上很稳定了，并且迅速地把自己嫁了出去，我想，我过上了我想要的生活。

她还是一个人。

我常常打电话给她，在老公出差的日子里，一般都是我在不停地说，她在认真地听，然后给我出主意，有的是感情上的事，有的是工作上的事。

其实我关心她并不多，但是她却总是说我已经给了她很多。她依旧常常为钱发愁，日子过得不咸不淡，和那个他依旧偶尔联系。我总想帮助她，但又怕伤了她的自尊，所以总是很小心地问她："有个小活，不累还能赚钱，去不去？"如果她说不去我从不勉强，因为我不想让她做自己不喜欢的事情。我生怕哪句话说得不好失去她，这么多年了，我只有她这么一个贴心的人。

又是几年过去了，我越来越忙，忙得基本没什么时间见她。她的那段十年恋情终于画上了句号，我说不清楚是高兴还是悲哀。

她总是在很远的地方看着我，随时用短信"敲打"我：

"看了你今天的节目，发型不好，下次注意啊！"

"最近有点瘦，很心疼！"

"在看你的博客，今天的文章有两个错字，自己找！"

"今天路过西贝一家餐厅，想起了几年前的我们，那个时候连你都很土呢！"

"今天是母亲节，别忘了给你妈妈和婆婆过节！"

"如果没记错，今天是你老爸生日，代我问他好！"

……

两年前，她终于找到了新爱情，虽然很短暂，但是给她留下了一份珍贵的礼物——女儿，她决定一个人把孩子养大，看她挺着大肚子一个人跑来跑去，我心里很酸，想也许这就是命！

第二年，我也生了一个女儿。

我们现在常常打电话，探讨育儿知识，也常常说，两个女儿就是我们的延续。

如今的她，依旧是齐齐的刘海，黑黑的眸子，十二年没变过。

如今的我，长发、短发、卷发、直发，不断地尝试，十二年没停过。

十二年，一个轮回，有她陪我，哭过笑过，真好！

优秀的女人胜在平均分高

工作关系，到北京这几年，结交了一大帮优秀女友，她们事业成功，号称“金领”；她们性格独立，人称“精英”。

和她们在一起，你会觉得世界变小了，因为她们常常接电话时会用各种语言；和她们在一起，你会觉得很长见识，因为她们常常说出让你耳目一新的至理名言。有这样一帮女友，你不会觉得孤独；有这样一帮女友，你会发现世界更精彩！

她们或许事业成功，或许学业成功，或许家庭成功，反正皆是成功人士，我就常常在想，她们为什么能成功呢？我这些朋友，她们没有闭月羞花的外貌，也没有门庭显赫的出身，但是，无论她们走到哪里，都一定是最显眼的那一群，因为她们自信、洒脱！接触久了，我发现了她们被人喜欢的一个秘密：优秀的女人大多胜在平均分比较高！

仔细观察一下，成功的人一般分为两类：一类是专业人才，他们专业上“超凡脱俗”，别人一般比不过，所以他们成功了；另一种就是平均分比较高，他们可能没有哪一方面特别出众，但是多年的修炼让他们的“社会大学”毕业得顺顺利利，当然，他们也不会有太大的弱项。正是这类中等偏上的人，往往很容易成功。

对于女生来讲，把一门专业学得很精不是一件容易的事，需要过五关斩六将，这并不是每个人都可以达到的境界，所以，大多数没有特强专业追求的女士不妨把自己的平均分修炼得高一点，就像那句广为人知的短信所言：

你可以不漂亮，但一定得有气质；

你可以不智慧，但一定得很努力。

这其中所谓的气质、努力都是后天可以修炼得来的。

接下来就给那些希望自己平均分高一点的女生支几招，这些也都是我那些成功女友们的经验之谈：

招式一，让自己有特长。

利用自己的长项，把一些兴趣变成你的特长，比如写个书法、抖个空竹、跳个拉丁舞、吹个葫芦丝，这些事情懂点皮毛都不难，但是在很多关键场合就可以派上大用场！上次我们聚会，旁边有一台古筝，才女小微就出其不意地给我们弹了一曲，恰巧饭店老板也喜欢民乐，就给我们打了六折，大家都特别激动，虽然只是个小便宜，但是那天我们的好心情可是用钱买不来的。

招式二，多学一种语言。

没事的时候，去学一种语言，它不仅可以让你认识很多新朋友，而且关键时刻会让人对你刮目相看！我的好朋友君儿就特别有语言天赋，她会说英语、西班牙语，最近又迷上了韩语，后来听说她学韩语的主要原因是有了韩国男友，您看，这语言会得多了，男朋友的挑选范围都大了很多。当然，学语言，我觉得没什么窍门，就是得多听、多练、多用。

招式三，学一道拿手菜。

要知道，没有哪个男人不爱吃，大家聚会的时候，平日很少下厨房的你端上一盘拿手菜，在大家惊叹的目光中你谦虚地说："一道小菜，随便尝尝！"这当然会给大家留下一个好印象！当然其中也是有窍门的，首先就是狂练一道菜直到把它做得炉火纯青，这并不难；其次就是最好在相对陌生的聚会上展示，太熟的朋友面前就不如不露怯啦。

招式四，学习是一辈子的事情。

我们的节目中经常会请来一个叫丸子的女孩子，她特别胖，体重大约有一百二十五公斤，但是她从来不为自己的肥胖而自卑，总是在学习很多的才艺，每次来参加节目都会让我们眼前一亮，上次表演的是歌剧，这次则开始跳肚皮舞，跳得有模有样，正当我们惊叹地为她鼓掌的时候，她郑重地宣布："我正在学习专业的寿司制作，下次来给大家带最正宗的北海道寿司。"现在在北京，丸子已经有了很多粉丝，我想大家喜欢她的主要原因就是她积极学习的处事方法和乐观的人生态度。

谈了这么多，就是想告诉大家，做个优秀的女人并不难，只要你认真观察，勤奋努力，再多学些本领，让自己的平均分高一点，你就会成为聚会中的亮点了，别忘了，优秀的女人胜在平均分高！

给三十岁女人的七点忠告

我总觉得幸福的女人常常都是智慧的，小智慧靠天生，大智慧靠学习，我从身边的"超级女友"身上总结出七点给三十岁女人的忠告，大家一起学习一下：

忠告一，永远不要相信"419"。

如果你还不知道"419"的意思，那你就已经OUT啦，读一下它的英文，和"for one night"的读音几乎一样，翻译成中文就是"一夜情"啦。成熟的女人明白快乐是建造在责任的基础之上的，一夜风流过后可能留给自己的全是后悔、内疚、烦恼。可以说，“419”中受伤的永远是女人，我建议永远不要碰！哪怕是调整心情，也最好不要选择这种方式！

忠告二，有至少三个“红颜”，两个“蓝颜”。

三十岁的我们至少应该有三个闺中密友，逛个街、美个容、做个指甲、约个会都不至于形单影只。而除了爱人、闺蜜，我们也应该有两三个“蓝颜”作为倾诉对象，也就是指异性朋友了，这样你会更放松。突然有点急事比如车胎扎了老公又不在身边，也可以有人帮忙。当然要选择那些不可能发展到爱情的人作为“蓝颜”，否则如果界限不清楚，近一点远一点都麻烦。

忠告三，每天吃个木瓜。

木瓜的养颜效果有目共睹，我在怀孕期间天天吃，所以宝宝皮肤特别好，孩子出生时皮肤嫩得能挤出水来，一点都不皱，医生说和我吃水果多特别是吃木瓜多有很大关系！另外，对于女性来说木瓜还有丰胸的效果，所以，赶紧赶紧，每天吃个木瓜！

忠告四，出门打粉底、涂睫毛膏。

色彩大师西蔓曾经说：“女人过了三十岁就一定要天天涂粉底了！”因为就算你很注意保养，难看的脸色还是会经常找上门来，对此，我的经验就是天天给自己化个淡妆、打点粉底，特别是眼部，然后认真地涂上睫毛膏。自己美了，心情好了，自信来了，一切就都 OK 了！

忠告五，可以没有婚姻，但不能没有爱情。

越是成功的女性，对婚姻要求越高，所以常常把自己熬到三四十岁还没有嫁人。对此，我身边好友的经验就是“不强求婚姻，但要有爱情”！没有爱情的女人心里是空的，即使已经装进了很多的工作也依旧不满当；没有爱情的女人就像枯萎了的玫瑰花，急需阳光和雨露，所以如果你觉得暂时很难有结婚的对象，那就来段爱情吧，享受过程也好！

忠告六，永远不用冒牌货。

在这个崇拜奢侈品的世界，我们都希望自己有几件称心的首饰、包包、衣服，如果银子不够，可能就会选择买A货。但是，我告诉你，这绝对是错误的选择，因为只要你用一次假货，再用什么朋友们都会觉得是假的！经济条件不允许，我们就选择有个性的服饰，花不了多少钱，还很有风格！记住，奢侈品满足的常常只有虚荣心，其他的谈不上。

忠告七，能去工作就不要在家待着。

全职主妇是我很羡慕的“职业”，可是我自己不会去做。对于女人来说，做自己喜欢的工作，花自己努力赚来的钱，那是很美丽的事情。而且男人们在外面每天接受新鲜事物，我们却在家天天等着他回来传递信息，时间长了，就会跟不上他的脚步，感情也往往会因此出现问题。所以我的经验是能去工作就不要在家待着，哪怕是一份并不太如意的工作。

三十岁以后，我们不能靠青春吃饭了，我们要靠智慧和性格。每个年龄段都有自己的魅力，但不管什么阶段，善于学习的人都是走在时代潮流前端的人。我，一个三十四岁的女人，愿意和姐妹们一起成长。

女人花

有一首好听的歌曲叫《女人花》，女人如花，一辈子如花。

女人二十岁是桃花，活力四射，灿烂绚丽，看着赏心悦目，想着心花怒放，每次我去公园看桃花都想用手摸一下它稚嫩的花蕊，这也是二十岁女孩子给男人的感觉，爱不释手又不敢动手，生怕那一片花瓣碰掉了就不美了。所以如果能得到一朵桃花，男人都愿意捧在手心里，还不时地放在唇边亲吻一下。二十岁的女孩子也一定要珍惜这种被人呵护的感觉。

女人三十岁是玫瑰，这是最有魅力的年龄。在这个活得很有个性的年代，三十岁的女人常常看上去还和二十多岁一样，漂亮、年轻，唯一不同的，就是更有女人的味道了，像玫瑰一样的成熟味道。玫瑰被称作是爱情之花，我也认为三十岁的女人更懂爱情，明白爱情中不但需要花瓣的唯美、花香的味道，偶尔也需要花枝上的小刺，扎一下手算作提醒，让他明白你需要关心一下了。

女人四十岁是兰花，温馨淡雅，留有余香。不要觉得四十岁的女人就老了、不漂亮了，我身边就有很多四十多岁的美女，活得很精致，但不是那种大红大绿的庸俗之美，而是淡淡的，给人的感觉很舒服。四十岁的女人就应该拥有这样的兰花气质，不争不抢，该有的都有了，一转身的微笑却让你刻骨铭心地惦念。

女人五十岁是牡丹，大气张扬。“少年老成老癫狂”，我觉得五十岁的女人就应该张扬，这个时候不再是活给男人看，更多的是活出自己。剪个精致的短发，再挑几绺酒红色的发丝，方框眼镜，格子衬衣，这是我看到的最漂亮的五十岁女人的打扮，张扬但很大气，犹如牡丹。

女人六十岁是棉花。当然严格说这不是花的品种，但是我想来想去，都觉得我即将六十岁的妈妈是最温暖的，似乎只有棉花才能代表我想说的感觉。妈妈年轻的时候是个急脾气，做事风风火火，雷厉风行，所以小的时候我挺怕她。可是这几年，妈妈年纪大了，在北京帮我带孩子，那样地有耐心，每天帮我做好我最喜欢吃的东西，下班回家时给我留下一盏灯。我认为妈妈是六十岁人的典范，温暖如棉花。

我的图书编辑张小姐的MSN签名是“活在当下”，这句话我第一次看到的时候就特别喜欢，这句话对于所有的女人都是那样地合适，也就是要活在今天，不气馁不彷徨，充满朝气，这是一种睿智的生活态度。女人的生活态度是需要培养的，如果你还没有这样的心态，不如就从今天开始，细细体味这四个字，“活在当下”！

女人这一辈子就是不同的花，不同时境也是不同的花。

事业得意时是美丽高雅的西伯利亚百合花，香味扑鼻，盛开在寒冷的地方，有点孤芳自赏。

失意时也许只是平淡无奇的狗尾巴花，没人关心，但依旧执著地生长在广袤的草原上。

失恋时是被吹散了的蒲公英，花瓣全部飞走了，只剩一截空空的枝干，伤心地在风中摇曳。

人生有顺境、有逆境，但是姐姐妹妹们请记住，你是女人你是花，不管什么时候，散发芳香，给身边的人带来温馨的幸福感觉才是最重要的。

再婚，再珍惜

我们录节目经常会像产房里生孩子一样，扎堆。就像有一天录节目，接连来了三对情人。他们的情况一模一样，男孩子第一次准备结婚，爱上的女孩曾经有过失败的婚姻经历，男方家人得知后非常反对，于是他们来求助我们节目。

传统印象中，再婚的女人找初婚的男士好像还真的不多见，可是现在时代不同了，大家更加重视爱的感觉，世俗的东西在年轻人那里常常比不过“爱情”这两个字。为了录制这期节目，我们在身边也调查了一下，结果让人意外，就在我们单位，再婚女嫁给初婚男的就有好几对，而且人家结婚之后过得都很幸福呢！

在这里，爱情科代表想首先和这些男孩子的妈妈们说几句话，因为这种情况第一阻力往往来自母亲。您是站在自己儿子的立场上看问题，坚决不同意的感受是完全可以理解的，但是换位思考一下，情况可能就不一样了，如果是您的女儿离了一次婚，难道就觉得她没有再次追求爱情的权利了吗？再说了，为什么男人再婚时找个初婚的女士大家都觉得能接受，换个个儿就不行了呢？

还有一个很重要的事情，爱情科代表要提醒这些男孩子以及他们的家人，再婚的女人优势也很多，我来给您总结一下：

优势一，由于有过一次不幸福的经历，对待第二次往往非常认真并且珍惜，结婚后会比较踏实。

很多年轻的女孩子，自己还没有玩够呢就结婚了，婚后角色的迅速转换自己都觉得接受不了，发生家庭矛盾几乎不可避免，所以结婚第一年被称作是“纸婚”，一不小心就撕破了的那种纸，这一年几乎就是磨合期了。而再婚女性已经有过一次经验，在最初的婚姻生活中常常可以带领男性走出磨合期，早一点步入正轨。

优势二，曾经的经历对女人来说是历练，会让她变得更加有女人味，更加宽容。

现在的社会，我觉得女性应有的品质中，宽容和善良应该排在前两位，而在婚姻生活中，宽容就应该排在第一位了。年轻女孩最常见的毛病就是得理不饶人，每次吵架都把旧账拿出来翻一遍，不知道忍让别人；再婚的女性则不一样了，经历过风雨了，很多小事已然不会放在心上，经营好家庭本就是一门课程，人家复读生当然比应届生掌握知识更轻松。

优势三，温柔。

没有一个男人不喜欢温柔的女人，有过婚姻经历的女性往往更知道男人要什么，更会使用女人的小武器——柔情似水、充满关爱，很多男人都过不了温柔这一关的。

优势四，能够正确处理婆媳关系。

这一点非常重要，很多家庭就是因为婆媳矛盾最终走向破裂的！第一次婚姻的时候，我们根本不知道结婚了就是一个大家庭在过日子，特别是结婚第一年，公公婆婆都在看你的表现打分呢，分数一旦打低了，可能这一辈子都很难再得高分。而到了第二次结婚的时候，大部分女子早已明白，对他的家人好可能比对他好还重要！所以只要家人接受，再婚女子往往可以更快地融入到新的家庭中。

说了这么多，就是希望家里有儿子的，听我一句话，婚姻是以爱情为基础的，如果人家基础牢靠，咱做父母的多给祝福最重要。

爱情这东西，打是打不散的，而且人都有逆反心理，您越打人家抱得就越紧。也许您的儿子还没有下定决心，但是您的反对可能反而把他们紧紧地拴在了一起。

最后，提醒再婚的女子，再次结婚，珍惜眼前人，总结上次的经验和教训，聪明的女人当然不能被同一块石头绊倒两次。

对付变心男人最狠的一招

春天来了，小米的心情却犹如寒冬腊月，拔凉拔凉的。

她坐在我面前，精致的妆容掩盖不住灰黄的肤色，一看就是受了打击，那种一蹶不振是从骨子里透出来的。

九年的感情，在一个月前彻底瓦解。那个男人背着她爱上了一个女同事，曾经信誓旦旦的他变得冷冰冰，仿佛不曾相识。

我问小米："你怎么知道这一切的？"

直觉，小米说，恋爱九年，大家彼此都已了如指掌。那个男人从不出差，可是最近却频频不在北京，在那些一个人的夜里，小米试着拨打电话，永远都是关机。以前，只要不在她身边，他可是二十四小时都开着手机的。

小米觉得有点异常，但是并没有说出来。

九年，小米从二十岁步入了三十岁大关，两个人一起开店创业，总算攒够了房钱车钱，打算小米的三十岁生日那天领取结婚证，可就在不久前，小米看到了不该看到的一幕。

男人出差五天了，小米有点不相信，下班时间到他的单位门口等，然后就清楚地看到男人牵着另外一个女孩子的手走出了单位。小米当时就傻了，虽然早有预感，可真的看到了，还是心痛无比。

小米不知道自己那天是怎么回家的，也不知道那一夜是怎么挺过来的。只记得一件件地收拾东西，她明白这个时候离开是最明智的选择。她也想问问那个负心男人，九年的感情难道就这么不经考验？她甚至拨了男人的号码，但最后还是挂掉了，她知道此刻那个男人一定最不想接到她的电话。

清晨，小米约好出租车，拉着自己的四个大箱子，准备走出这个男人。临走，她带走了两个人这些年的所有积蓄，她并不是个贪财的女孩子，但是他们曾经有过约定：谁先破坏这段感情，另一方有权拿走所有财产。

离开房间的时候，小米不舍地回头再看一眼。这里的每一件东西都是她亲手买回来的；这里的每一寸土地都凝结着她最深沉的爱。小米又返回了房间，给男友的刷牙杯接好水，把牙膏挤好，因为记得这个男人曾经深情地说过，就爱这个每天给他挤好牙膏的女人。

小米很快租了房子，当天就换了电话，用原来的手机发给那个男人最后一条短信："昨天看到你牵着她的手，我的心痛到极点，我走了，请不要再找我。不说爱也不说恨，再见！"

三天之后，男友到单位找小米，小米冷冷地看了他一眼说："不想见到你，别打扰我！"男友拦着她，似乎想解释什么，但小米打了辆车就走了。

一周后，男友再来，小米彻底没有见他。

十天后，收到男友一封信：“小米，我错了，迷失了爱的方向，你走了，我才发现我真的舍不得你，别不理我！”小米一看就心软了，毕竟是九年的感情。那天下班，小米又到男人单位门口等，她在赌：“如果他一个人出来，我就去见他。”

但是，她赌输了。

人家依旧是两个人，原来男人给小米写信只是缓兵之计。这次，小米的心彻底伤透了，回家大哭一场，然后彻底对这个男人死了心。

我能想象小米这一个月的经历，那种痛一定是心碎的痛；我也支持她的做法，当一个男人已经变心的时候，走得干干净净是最好的办法，不要指望他回心转意，这样受到的伤害也会少一些。

女孩子在遭遇负心郎的时候，常常刨根问底，常常又哭又闹，其实这样只会让自己受伤更多，自己有尊严地走反而是对那个负心男人最大的惩罚。当然更狠的就是带走你们共同创造的财富，注意，我强调的是共同创造，人家的，咱不惦记；我们自己的，咱得都拿走。

我和婆婆“明争暗斗”的日子

女儿三个月的时候，婆婆和妈妈换班来帮我照顾女儿。

这之前我已经有和婆婆共同生活三年半的经历，对婆婆我自认为还是很了解的。婆婆是个很和蔼的老太太，年逾古稀，却干劲十足，家里家外一把手，最让我欣赏的是婆婆很少唠叨。话不多又很善解人意的老人谁不喜欢呢？所以，一直以来我们都是和平共处，甚至可以说是亲密有加。

可没想到的是，这次婆婆的到来，却拉开了我们“明争暗斗”的大幕。

婆婆到我家的第一天，也是她见到外孙女的第一天，喜爱之情溢于言表，老太太抱着小丫头不撒手，看看胳膊抻抻腿，亲亲小脸摸摸头，多年的腰病都好像一天之内全好了，全家也是一片喜气洋洋。

傍晚时分，婆婆的一个小动作让我看在眼里：八月份北京很热，女儿只穿了一件小背心睡在床上，老太太从箱子里翻出一块厚厚的毛巾盖在女儿的肚子上。我也知道孩子腹部着凉会拉肚子，但是我从来没给女儿盖过这么厚的毛巾，本想帮孩子拿开，可是又不好第一天就驳了老太太的面子，所以也就忍着没说。

第二天白天我上班，晚上回来发现女儿脚上多了一双小袜子，婆婆说，孩子的脚可不能凉着，已经立秋了，必须穿袜子。

第三天我下班回来，发现女儿已经换上了长袖衣裤。

又过了十几天，天气早晚开始有温差了，女儿又第一个在家里穿上了毛衣。

我和婆婆商量：“妈，小孩子穿得太多不好，到冬天容易感冒，春捂秋冻，这不是您告诉我的吗？”

婆婆倒也客气：“咱家孩子早产，不能和别的孩子比，我带过的孩子五六个，有的是经验，你就放心吧！”几句话就把我打发了，我要是再多说，这不就是明摆着不信任她吗！家和万事兴，再忍。

晚上孩子归我带，我常常给她脱一两件衣服，反正在我的房间里婆婆也看不到。可是几次下来，老公不满意了：“你们这样脱脱穿穿，折腾孩子嘛！你就不能动动脑筋，说服我妈吗？”

说得好，明面上我不能直接和老太太作对，但是我可以潜移默化地影响她啊！第二天我在桌上放了一本育儿杂志，翻到标题“小孩应该冻着养”的那页，婆婆有看报的习惯，一会八成能看到。结果没想到姜还是老的辣，晚上婆婆就告诉我，最近眼睛不太好，不太想看书看报，让我把桌上的书籍收拾一下，我晕。

隔两天我又想了一个办法，保健医生家访之前，我打电话给她，麻烦她一定说一下孩子穿得太多的问题。结果，医生给孩子检查完身体，刚准备说说正题，老太太就聪明地意识到要“教育”她了，直接说肚子不舒服要上卫生间，有什么问题让我们听好了回来转告她，我又晕。

其他办法我还想了很多，不过每次都被婆婆巧妙地化解了，反正她就是按照自己的方法带孩子。

就这样，冬天还没到，女儿就穿上了厚棉袄。又因为衣服太厚，阻碍了她的运动发展，女儿六个月才会翻身。

更要命的是，只要天气稍有变化，婆婆就不允许女儿出门了，宝贝大部分时间都是在家中的窗前看风景。我当然反对，想尽办法地反对，不过常常没有效果。

当然有一点要说明，老太太对孩子好得那是没得说，绝对全心全意。在孩子的教育和饮食方面，从没让我操心过什么。

写到这儿我要告诉大家，我和婆婆这种“明争暗斗”的日子持续了一段日子之后就结束了，原因是女儿入冬以后连续病了两次。孩子生病全家人都急死了，婆婆更是吃不香、睡不好。后来宝宝病好了，医生把我们全家人叫到一起，分析了孩子生病的原因：主要是平时穿得太多，户外运动又少，导致体质很差，如果不改变现状，孩子就会不停地生病。

医生说这些话的时候，我偷偷地看了看婆婆的表情，老太太听得特别认真。

那天回家之后，婆婆和我长谈了一次，孩子的病让她老人家改变了很多，“过去我总认为我带了那么多孩子，比你们都有经验，现在我才发现，老观念不行啦！从现在开始我和你们一起看书学习，咱们科学育儿，当然如果你们觉得我不称职，可以随时让我下岗！”

“妈，瞧您说的哪里话？还有谁能比您对孩子更好？咱老办法加上新科学，咱家孩子那绝对是 NO.1！”我高兴地说。

“什么叫‘南博湾’？”老太太不解。

“妈，‘南博湾’就是世界第一的意思。”老公探出头来回答。

和婆婆和平相处的五项原则

中国自古有“婆媳难相处”之说，似乎婆媳水火不相容是一种正常现象，在我主持的情感节目中，由于婆媳不和引发的家庭大战更是比比皆是。

古代，婆媳不和的主要原因是争夺一家之主的地位。那个时候每个家庭中的婆婆常常是管家人，在家中拥有绝对的权威，而儿媳则是未来的管家，婆婆生怕手中大权被儿媳夺走，所以对儿媳天生多了一些挑剔，多了一些不想退位的心思，如此就出现了诸多问题。但那个时候是家长制，一般都还能做到心不和面和。媳妇也总能熬成婆，一代代就这样过来了。

如今，新社会了，婆婆和儿媳的矛盾则主要来源于对那个男人的争夺。

有人说，找老公先要看他有个啥样的妈，这话也对也不对，因为如果你是个聪明的女孩子，你就应该学习和学会与婆婆和平共处的原则和办法。今天，爱情科代表就把这些年在节目中大家总结出来的婆媳关系秘籍传授于你：

原则一，婆婆就是婆婆，请保持礼貌。

和大家聊天我发现很多女孩子在和婆婆交往方面都犯了一个“致命”错误——把婆婆当作妈妈一样对待。当然我赞同像孝顺妈妈一样孝顺婆婆大人，但是除了孝顺以外，年轻的儿媳们常常会把生活中的自己“完全不伪装”地摆在婆婆面前。比如好不容易去婆婆家一次，最好不要睡懒觉。别以为是在自己家，想睡到什么时候就什么时候，要知道，此时婆婆正在看你的表现呢！还有，礼貌非常重要，我的一个女友就是回家时像见到亲妈一样打招呼：“嗨，我回来了！”连一句妈妈都没叫。这事妈妈可能不和你计较，但婆婆可能立刻就觉得你这孩子真没礼貌。我那个女友就因为这些小事招致婆婆的反感，她觉得特别委屈，自己都拿她当亲妈一样对待了，而且反正很熟了还客套什么。殊不知，婆婆就是婆婆，千万得注意保持礼貌。

原则二，尽量少参与他家的“政事”。

每个家庭都有自己的处事习惯，也都有些家长里短的事情，这些事情你最好让老公拿主意，最好让他听父母的意见，你呢，则一定要少掺和，哪怕你认为自己的意见是正确的。原则就是给人家家人谈话的空间。比如你回到婆婆家，一家人谈点亲戚间的事情，你就应该找个机会溜到别的房间，让他们可以“肆无忌惮”地说。如果老公关于他们家的事情征求你的意见，你就可以说：“这事吧，我也不懂，妈说咋办就咋办吧！”这一句话可是甜了两个人的心：老公会觉得，瞧俺的媳妇，多懂事！老妈会觉得，我家这儿媳妇，事少，好相处！

原则三，和婆婆聊天，多听少说。

和婆婆聊天，那可是个技术活。哪家的婆婆和媳妇少得了“聊天”这个重要环节？婆婆和你说的话，一般分为两大类，一类是回忆篇，多数时候她老人家会以“想当年”作为开头，回忆青春岁月，回忆光辉历史，回忆儿子小的时候，回忆开心的、不开心的事情，这个时候，你就要做最好的听众，少说多听，但一定要认真地听而不是应付她。要记住，善解人意永远都是媳妇的美德。第二类是现实篇，可能会念叨你们太浪费、不会过日子；可能会要求你们早点要孩子；可能会抱怨邻居家的人借钱还不还啦，等等等等，都是些家长里短的话，而这些你多听听，也是对老人的尊重！当然此时也应该适当评论，如此可以很好地拉近你和婆婆的距离，但话一定要温柔、温暖、温顺。

原则四，她是一个老人，需要关心和赞赏。

这点很重要，每个老人都需要别人的关心，更何况她是养育你最亲爱老公的那个人，所以发自内心的关爱和理解是必不可少的，时不时地给她买件衣服，买点补品，祝她身体健康，夸她气质不错，她一定会非常开心，老人有的时候就像孩子，需要你哄着。告诉你一个窍门，在人多的时候，比如说大家庭聚会，首先动员婆婆穿你给买的衣服，然后要想办法让大家夸你婆婆衣着漂亮，面色精神。女人都一样，多大年龄都“臭美”，你做好工作让大家一起夸，夸得不露痕迹，最能提高婆婆对你的印象分！

原则五，尽量分合有度。

如果条件允许，最好每年有半年左右的时间和老人住在一起，半年小两口自己过，这样既增加新鲜感，又减少矛盾。或者和老人住得不太远，“一碗汤”的距离最好，就是从你家端一碗汤到老人家中而汤正好没凉。

以上这些都是我们节目给很多媳妇们想出来的办法，并且她们实践之后也证明，它们确实行之有效，好东西自然大家分享，希望这些方法你也用得上啊。

一段婚姻需要大家一起来经营，婆媳关系亦是如此。

第七章

总有一个人最适合你

曾经的苦难都是为了衬托今天的幸福。

ZONG YOU YI GE REN ZUI SHI HE NI

娟子的爱情

娟子是我广播学院的同班同学，播音系的，毕业以后在中央电视台主持过几年节目，现在在做自己的文化公司，当老板，也是自己出品节目的主持人。

毕业快七年了，和娟子有一搭没一搭地联系着，每次见面总有说不完的话，因为我们上学的时候就是非常好的朋友。

一天，她突然打电话给我，说明天要到北京的西边办事，是否有空一起吃个晚饭。

仔细想想，快有一年没有见过面了，还真的很想念她，于是约定在香格里拉自助餐厅见。她就是这样，吃饭总是要找环境好的地方，我老说她光重视外表了，难怪这么多年都没把自己嫁出去！

见面当然是愉快的，我们从来都没有觉得陌生过，无论多久不见面。

我们说了很多，我的生活、她的工作、我的父母、她的妹妹，还有我们那一大帮同学，最后我实在忍不住了，问了她自身的爱情问题。

她笑着问我："你觉得我还需要爱情吗？"

"为什么不需要？每个女人都需要！"我用我自己的观点回答。

娟子沉默了一会，然后告诉我，她现在事业很成功，自己赚的钱足够养活自己，每天有参加不完的应酬，周末比平时还要忙，打高尔夫、打网球、泡 SPA，看数不尽的各类书籍，在家里闲时还会煮咖啡、烧菜，总之日子过得不亦乐乎。

"那你就没有寂寞的时候？"我又用我的理论来问她。

娟子笑笑说："我这个年龄应该学会承受寂寞了，关键是我在爱情上受过伤，而且还不只一次，伤痛过后让我彻底不相信爱情、不相信男人了，真的是很彻底的绝望。"

娟子的爱情我是了解一些的，她曾经也是一个很重感情的女孩子，把爱情看得比生命还重要。她爱上的那个男人刚刚离婚，有一个女儿，那个男人又伤心又失落，并不打算接受新的情感，但是娟子就是爱上他了。她拼命地对男人的孩子好，那个时候我们都很穷，但娟子就舍得花两千块钱给那个孩子买一顶迪奥的帽子；孩子来北京，娟子就旷课带着她去逛动物园。娟子说她总有一天会感动那个孩子，如果孩子接受了她，这个男人就属于她了。二十出头的我们的确单纯，以为一味的付出就可以得到，殊不知在爱情中付出和回报常常不是成正比的。

三年多，娟子一直这样爱着那个男人，而那个男人却从来没有给过娟子明确的态度。娟子说那三年流的泪水比之前二十多年加起来的都多。

后来，那个男人还是走了，而且走得很彻底，连个新的联系方式都没有留。

多年之后，伤痛淡去，当初那个性情女孩开始蔑视爱情，彻底开始了自己的单身贵族生活。我，她的好朋友，不知道是该为她高兴还是难过。

后来，又说了很多，再后来，娟子要去参加下一个活动，我要回家了。

送我到门口，娟子说："芳芳，你是活在现实中的人，我是活在梦里的人，好在我们都喜欢自己的生活方式！"

一个人开车回家，窗外灯火辉煌，三十三岁的娟子，不相信爱情的娟子，幸好还会做梦。以前我总觉得一个女人最终肯定得嫁人，今天和娟子的交谈让我知道，其实单身也是一种生活状态，只要你喜欢，不过不适合我。

我也曾喜欢热闹繁华的生活，但是现在，我更想回到我的小家。

有钱人怎也苦恼爱情

刘伟是我认识的有钱人之一，亿万富翁是我们私下里对他的称呼。具体他有多少财产，我不知道，估计他自己也懒得算。

这么介绍你一定觉得刘伟生活很幸福，其实他的故事再一次印证了那句话——幸福指数和金钱指数并不成正比。

如今的刘伟一个人带着两个女儿住在郊外的大别墅里，大女儿是第一次婚姻留给他的礼物，二女儿是第二次婚姻留给他的记忆。

刘伟属羊，今年已过四十岁，按说对于成功男人来说，这个年龄算得上风华正茂，可刘伟说，他已然凋零，剩下的日子里，他宁愿安静地陪女儿度过。

一个月前，和刘伟喝过一次茶，听他讲了自己的故事，之后，打电话给他，经他同意，把他的故事写出来。

刘伟二十八岁开始发家致富，用他的话说，自己就是一个超级幸运星，没怎么钻营，一不小心就变成了有钱人。刚有钱那会儿，特别兴奋，天天早出晚归，什么时尚玩什么，那是一段年少轻狂的日子。

谁没有年轻过？谁没有轻狂过？可是刘伟的玩心过重，让他的第一次婚姻失败了，那时大女儿才两岁，前妻竟然提出不要孩子，只要钱，五百万。

刘伟说，那一段时间自己特别难受，以前觉得妻子不是一个要钱不要人的女孩，可是当他把钱转给她时，前妻以迅雷不及掩耳之势离开了他，离开了孩子，而且再没有回来看过孩子。听说前妻很快有了情人，有了新家庭，似乎过得还不错，刘伟觉得自己很失败。

女儿还小，刘伟开始把很多商店租了出去，自己乐得清闲，每天在家陪女儿，大概有两年的时间。

刘伟的第二次婚姻更戏剧化。三十出头的刘伟深居简出，可急坏了家里的老人，老爸老妈下了死命令，那年春节前一定得把媳妇领回来。刘伟是个孝子，实在不想让白发苍苍的父母为自己的生活小事而担心，于是在朋友圈中广发消息，自己想结婚了，谁认识想立刻结婚的女孩麻烦给介绍一个。

就这样，小芮走进了刘伟的生活。

小芮容貌清秀，聪明伶俐，年龄也不大，按说是不应该着急结婚的。可是她有一个特别的爱好——赌球，当时输了很多钱，一个要钱，一个要人，一拍即合。一周后，刘伟给小芮还上了赌债，小芮和刘伟领了结婚证。

接下来的一年，刘伟过得还算平静。

刘伟说，他那些日子挺幸福的，甚至觉得自己爱上了小芮，因为不久他们的孩子降生了，这就是刘伟的第二个女儿。

但好景不长，小芮赌瘾又犯了，又开始赌球，背着刘伟。直到有一天小芮把刘伟的钱花了一千多万了，刘伟才发觉。最让刘伟伤心的是，小芮告诉刘伟她从来没有爱过他，她爱的只是他的钱，刘伟一听肺都气炸了。

然后，刘伟就和小芮离婚了，小芮也没要孩子，刘伟就这样开始了带着两个女儿的生活。

人太有钱了，看来也不一定就是好事情。任何东西来得太容易了，常常走得也会比较容易，因为刘伟有钱，所以他几乎不用追求谁，就可以得到很多女孩子的喜欢。不能说现在的女孩太现实，只能说《玉观音》中安心那样的女孩太少太少了，简直是世间珍品，碰到一个就像大海捞针。

之后，刘伟又谈过几个女友，但是他已经不相信爱情了，或者说，他已经开始对女人有了戒备的心理：人家爱钱吧，刘伟觉得太可怕；人家不爱钱吧，刘伟觉得这是在装，所以基本不会再有一见钟情的时候了，哀莫大于心死！

前几天的聚会，我还在和刘伟开玩笑，说给他介绍一个漂亮的女友，刘伟很认真地告诉我：“谢谢，不需要了，我看我这辈子是娶不到老婆了！就这样挺好！”

我想，其实他挺可怜的，被钱闹的。

爱是一种习惯

一个女孩，失恋了。

这已经是一年前的事情了，可是对于女孩来说却像发生在昨天一样，因为她很难从那段感情中走出来。

她说："我用了很多方法想让自己走出来，比如让自己很忙碌，比如去接触新的男生，比如一个人去旅游，但是无论如何就是忘不了他！"

她说："我已经习惯了他的存在，早上起来就会不由自主地想他吃早饭了吗？今天他心情好吗？然后就会忍不住给他发短信，哪怕只是一句问候，可是发完了自己就后悔，因为接下来就是一整天的心神不宁。如果他回复了，自己就会忍不住再发一条过去，直到对方没有音讯了，自己就开始胡思乱想：为什么？为什么他不理我了？他是在和别的女孩约会吗？他是根本就懒得和我说话吗？然后就开始烦躁。我唯一能做的事情就是一动不动地盯着手机，每次手机响起我都像触电一样，紧张地看号码，最后发现总是很失望，因为其实人家早已不在乎我了！"

她说："我很清楚，我们真的不可能了，但就是不甘心，因为他已经成了我生活的一部分，是习惯性的依赖。"

这个女孩坐在我对面诉说的时候，我似乎看到了当年的自己，沉浸在一段感情中怎么也出不来。为了和他再偶遇一次，整整一个冬天，每个下雪的日子都去他单位门口等着，把自己冻得像一个雪人，而这样做仅仅是因为他的一句话："我喜欢看雪中穿红衣的女孩，很美！"北方的冬天雪天很多，每当我去见他，踩在雪地上的时候，咯吱咯吱的声音都那么美丽，全然忘记当时的气温将近零下三十度。

天寒地冻的日子里，脚趾被冻伤了，肿得连鞋都穿不上。

终于有一天，他出现在我的视线内，而我却只能远远地看着他，因为他的身边已经有了一个穿红衣的女孩。

我哭着在雪地里跑，往家跑，不知道摔倒了几次，脸上的泪珠都冻成了冰凌。

现在想来当时的自己很幼稚，也很可爱，十几年之后我却已经想不起他的样子了，甚至连名字都记不全了，也许当年自己难以离开他，是不想离开那种被人关怀的感觉。

爱情有的时候就是一种习惯，失恋时最大的挑战就是给我们的爱情习惯刹车。

改掉一个习惯很难，就像我有一个口头禅：顶如，是一句内蒙古方言，意思就是“相当于”、“等于”。我在录制节目时多次有编导提醒我不要说方言，我也特别注意了，可是，还是常常在不经意间说出口。无论是在节目中还是生活中，一不小心就蹦出来了，然后身边的同事就会逗我：“王芳的生活就是一个‘顶如’接着另一个‘顶如’！”我想，一段爱情留给我们的习惯一定比一句口头禅多得多。

我的观点，女孩很是认同，她也觉得自己爱的可能已经不是那个人，而是那种感觉和那些习惯，可是改变这些习惯实在很难，她的注意力过窄，只停留在他的身上。

我告诉她，养成新的习惯是告别旧习惯的唯一方法，而新的习惯不一定是两个人的习惯。只有能过一个人的孤单日子，才可以更好地进入新的二人世界。我一向不主张用一段新感情代替旧感情，在两段情感之间，有一段空隙，有一点孤独，反思曾经的感情，其实，很有好处！

失恋的花朵

我采访过很多失恋的女孩。

第一个女孩失恋了，她把两个人的曾经全部总结在两个大本上，那是多么精致的两本爱情记录啊！每一篇都贴上了两个人的照片，还有曾经约会的点点滴滴：旅游中的火车票、逛公园的门票、电影票、买礼物的购物小票。她每天出门的时候都会把两个大本背在身上，晚上回家掏出来放在枕头下，天天睡在回忆的爱情上。两年来，她一直在这种情绪中走不出来。

第二个女孩失恋了，她天天晚上都站在前男友的工作单位看他下班、坐上公交车、消失在视线中，然后她一个人沿着三环走很久，走到实在走不动了，再坐车回家。她说，只有累到动不了，她才能躺在床上睡着，即使这样，醒来的时候依旧脸颊上挂着泪痕。

第三个女孩失恋了，辞去了工作一个人去旅行，去了云南、贵州和四川。都说路上的风景可以稀释悲伤的情绪，可是为什么一路上所有的风景似乎都没有看到，脑海里全部都是那个已经转身走了的男人？回到北京都想不起去了哪些景点，半个月的旅行一张照片都没有拍，因为不想照片上只有一个人的身影。

第四个女孩失恋了，寂寞让她整夜无法入睡。都说开始一段新感情是弥合旧伤口的良药，恰好有个男孩子追求她很久，以前一直觉得不喜欢，反正现在闲着也是闲着，不如让新恋情来冲走旧感情的伤痛。于是，“闪爱”，一个星期后同居了，这下好了，有人呵护了，失恋的事仿佛已经抛到九霄云外。可是三个月之后，女孩子再次失恋，因为她发现这个人根本就不是自己喜欢的类型，只是为了“填空”，结果再次受伤，雪上加霜。

失恋的时候，你谁都不想见，只想闷在自己的小屋中任思绪飞扬，没有白天黑夜，没有中饭晚饭，浑浑噩噩地过那几天，甚至连脸都不想洗，看着镜子里被自己折磨的鬼样子，不知是想哭还是想笑。

失恋的女人常常想不明白，为什么那个男人对自己曾经那么好、那么在意、那么温柔、那么体贴，可突然一下子就变了，变得冷酷自私、变得不近人情、变得没有爱心，甚至人间蒸发了，让你想打他都找不到人。想得久了，心里就开始有恨。

有人说，走出失恋需要一百天的时间，但那是在你想走出来的情况下才见效，如果你根本不想阻断这种思念的情绪，那么，也许一百天就变成了一千天。反过来，如果你积极地面对失恋，那种堵心的感觉也许五十天就过去了。

爱情科代表想和所有正在失恋的女孩子们说，这个时候，最重要的事情就是转移注意力。心理学讲，对一件事情注意力过于集中，将会导致严重的心理疾病。失恋本来已经很痛，再花钱去治疗心病，实在得不偿失。

女人这一辈子就是一朵花，漂亮，芳香，自然会引来蝴蝶和蜜蜂。失恋之后，这朵花就像被霜打了一遍，花瓣破了，花心碎了，这样蔫蔫的样子自然吸引不了最优秀的男人。

这个时候你可以继续掉泪，也可以赶紧吸收新的养分，让自己重新茁壮起来。就像开篇说的那几个女孩子，第一个女孩与其天天抱着大本儿回忆爱情，不如用这两年的时间学一种新的语言，最好是以前没学过的，挑战一下自己的语言天赋。而且语言这东西学了就一定可以用得到，没准还能在课堂上碰上一个“蓝颜”知己；第二个女孩子与其天天去人家门口等，还不如把时间花在健身房里，拉丁、瑜伽、肚皮舞，哪怕只是学点皮毛，都可以令自己信心大增、气质更佳；第三个女孩子与其在旅途中独自伤感，不如强迫自己去欣赏美景，开个旅游博客，记录一段人在旅途的日子。写字本身也是个力气活，把自己累得一合眼就进入梦乡，我看挺好；第四个女孩子与其仓促地开始一段感情，还不如自己天天去歌厅唱歌，哪怕就练熟一首歌也行啊，在很多聚会场合会唱歌的人常常只一首拿手的，没准就是失恋时练就的。

失恋的花朵虽然憔悴，虽然沮丧，但这是每朵漂亮的花都要经历的日子，很快恢复美丽与自信的花儿也可以最快地重新找到幸福。

失恋者一定不要做的十一件傻事

做了很多情感节目，发现不少女孩子在失恋之后做过傻事，事情都不大，但却让她们走出失恋的时间无限延长。所以我建议失恋的姑娘们，下面的十一件事咱不做：

第一件，辞掉工作。

女孩子失恋的时候，什么样的傻事都有可能做出来，最常见的就是没心思工作或者干脆辞职，这非常不明智。你想想，失恋加失业，这是雪上加霜；一个人闷在家里，更不利于走出黑色心情。

第二件，找他妈妈诉说。

如果他已经决绝地走了，找他妈妈诉说只能起副作用，不管那个妈妈曾经对你有多好，都好不过对自己的儿子吧？而且这时候大部分妈妈也会跟着揪心，咱就别给老人家添乱了。

第三件，立即开始新感情。

此时，旧伤还没有疗好，开始新感情容易迷了眼睛。

第四件，花钱给他买分手礼物。

他的心已经走了，对他再好也是徒劳，有那点钱咱还不如奖励自己，或者给自己爸妈买点什么。

第五件，送狠狠的言语给他。

我见过一个女孩子，和男友分手之后，给男孩子发了很多言语过激的短信，把两个人本来可以保留的朋友情分也扼杀了。既然分手已成事实，何不留下点美好的回忆？

第六件，向所有的人诉说那个男人的坏话。

此时，心中的痛苦最多和三个闺蜜说说，如果到处诉说，有可能得到的是其他人的背后讥笑，因为并不是每个人都和你一条心，嚼舌头是不少人的爱好。

第七件，喝醉酒去找他。

我有一位女友就是这样，分手了很伤心，喝了不少酒，然后去找那个男人，结果两个人一激动又复合了，一个月后发现还是不合适，还得分手，可是肚子里已经有了孩子，最后自己又多受一道罪。

第八件，不再相信所有的男人。

没有必要，他不好，只能说明他不适合你，但一定有适合你的人。

第九件，保留他的照片。

留一两张作纪念，我觉得一点问题都没有，但是不要放在眼前，最好锁起来，封存那一段记忆，每天看只能伤害自己，越看顾越难受。

第十件，用他的生日做密码。

这段感情终究要过去，如果每次取钱的时候都得想起他的生日，多闹心啊！再说了，万一这张卡很久不用，再用时早就忘了密码，还添堵。

第十一件，频繁地给他打电话发短信。

如果分手已成定势，越少联系，心里的这道坎过去得越快！

女人二十七岁最担心自己嫁不出去

二十七岁，对于还未出嫁的女孩子来说，绝对是心理分水岭。

“二十七岁之前，总觉得自己是个孩子，结婚这事着什么急啊，先玩够了再说。可是一过了年，就想自己竟然快三十岁了，立刻觉得相当有压力，不行，今年一定得把自己嫁出去！”

上面这段话是我们办公室一位编导和我聊天时说的，这姑娘，个子不高，人很机灵，一副男孩子性格。做我们传媒行业，都说“女人当男人使，男人当牲口使”，天天加班熬夜，似乎有了工作就有了一切，所以不知不觉间姑娘也到了该嫁人的时候了！下班回家的路上仔细一琢磨，好像自己二十七岁的时候，也是一模一样的“结婚狂”心态。

在女人的心中，结婚绝对是一生中最神圣的一件事情，所以从十七八岁开始，女孩子们就会不断地勾画自己未来的隆重婚礼，幻想白马王子牵手的那一瞬间。盼望归盼望，现实却是摆在这里的：如今的社会，大学毕业二十二三岁，刚工作大部分精力肯定是在工作上，必须要先考虑生存再谈质量！经过四五年的奋斗，事业开始小有成绩，或者起码算是稳定了，这个时候才突然发现自己似乎该有个家了。谈着恋爱的还好说，逼婚就可以了，关键是很多二十七岁的美女还是单身一人呢！

来自父母的压力同样不可小视。女儿到了二十六岁，在父母心中就是大姑娘了，就该有个丈夫了。中国的家长一般都比较爱操心，生怕自己的女儿成了老姑娘，嫁不出去，所以就会一遍遍地催，方法都大同小异：旁敲侧击、牵线搭桥、抱孙心切，每天唠叨得耳朵都能生出茧子。

烦过之后，还真得好好想想，身边这几个臭小子，哪个可以发展一下，哪怕来个“闪婚”也行啊，反正不能让自己变成“剩女”！

于是，我们看到，很多女子在二十七岁开始着急自己的婚事；开始加入相亲大军；开始放慢工作的脚步、关注男人的世界；买杂志也从《昕薇》变成了《男人装》；看节目都从《快乐大本营》换台到了《选择》。

不过这种恨嫁的心态也会随着时间改变，一旦过了三十岁，好像对嫁人这事反而不那么着急了。既然没有合适的人，与其每天像热锅上的蚂蚁一样团团转，还不如耐心等待缘分的到来。

家人呢？也没了劲头，姑娘大了，说了也听不进去！由着她去吧。

我身边的同学、同事还真有不少三十多岁的大龄女青年，生活在大都市，好像一不小心就把自己“剩”下了。不过我的这些女友过得倒是很开心，每天把自己的生活安排得满满的，工作努力、课余丰富、打球喝茶，一点不急。而且给她们介绍对象，一般都会听到这样的答复：“前几年急，现在一点都不急，看缘分吧！”

所以有人说，女孩子应该尽量在二十七岁前把自己嫁掉。可是这事是老天爷安排的，我们自己说了不算，那就只能先做好准备：二十七岁之前，不要放弃任何一个结识异性的机会，工作生活争取两不误。如果一不小心拖过了二十七岁，要学会改变自己，勇于表达，敢于追求，该出手时就出手，把腼腆放在裤兜里，搭上线时再使用也不晚。

给“剩女”的九大建议

70后都已三十多岁，大都步入了婚姻殿堂，但也有一些“剩女”选择继续单身。说她们不相信爱情吧，这话有点不准确，她们中的大部分人都曾有过刻骨铭心的爱情经历，也是一直在盼望着爱情的，可是为什么就一直找不到合适的人呢？

爱情科代表我主持着一档相亲节目，成功地撮合了不少“剩男”、“剩女”，过程中发现有这样一个规律：优秀“剩男”远远少于优秀“剩女”。节目里的很多女孩子条件都特别好，相比之下，来的男孩们却常常显得不够优秀。有一次一个很优秀的男孩子来录制节目，一播出，有几百个女孩子打来了应征电话。这就是现状。所以各位“剩女”一定要擦亮眼睛，看清事态。我有九个建议给大龄女青年们：

第一，要正确理解“剩女”这个词的含义。

要认识到自己绝对到了该选一个老公的时候了，不要还总把自己当作小孩子，总觉得青春还多，不着不急的。我一向认为什么样的年龄做什么样的事情，在该谈恋爱的时候就应该去享受爱情，在该结婚的时候就应该选择家庭。所以从现在开始要把找个对象当成一个重点项目来抓！

第二，不要用挑剔的眼光看男人。

年龄越大，我们选择的余地越小。虽然爱情永远不能将就，但也没有必要用挑剔的眼光看男人，我建议，“剩女”们要改变思维，对个别小毛病、小陋习不妨大度一点。比如我有一个女朋友和别人相亲，第一次见面觉得还好，结果吃饭的时候那位男士吃完花生米，手上有油就直接往裤子上擦，我那个女友看到这个细节就立刻断定这个男人无可救药；还有一个女孩子，相亲回来后那个男孩子很激动地发给她一条求爱短信，美中不足的是其中有个错字，这个女孩就认为男孩子没文化，放弃了！其实很多好男人是需要女人来调教的，他留着一些缺点，等着你来教育，这不是挺好的吗？

第三，先接触，再要感觉。

不是每一次恋爱都可以一见钟情，所以第一感觉也不是每一次都很重要，先接触一下，至少吃个饭、看个电影、逛个街，再来全面考虑这个男人是不是你要的那种。当然，前提是你对这个男人不反感。

第四，奔着结婚去。

如果一个男人告诉你，他只是想要一场恋爱，那我建议你还是敬而远之。因为，我们已经是“剩女”，我们要抓紧时间！而男人则没有这种心态，他不着急，现在四十岁不结婚的男人还真不少。

第五，有些条件和爱情无关。

小的时候，我们对另一半的要求常常是很具体的，比如身高多少；比如得会唱歌；比如不能戴眼镜，其实，这些条件和爱情无关。看看身边的姐妹，常常是最讨厌小个子男人，结果嫁个老公一米六五；最讨厌南方口音的男人，结果嫁了个福建老公。爱情这事，事先想怎么样没用。

第六，爸妈的唠叨得听着。

到这个年龄了，肯定每家的父母都会唠叨几句，该听，因为没人唠叨我们就不急，有人老念叨，这样就可以更快地把自己嫁出去。

第七，自己一个人也得快乐。

没有爱情的时候，尽量把自己的生活过得多姿多彩，多出门走走，没准下一个转角处就可以碰到你的 Mr. Right。

第八，有几个闺蜜。

闷的时候有人陪，以免总是自己孤身一人。而且爱情常常都是闺蜜带来的，最好闺蜜热情点，有人张罗总是好事。

第九，永远相信爱情。

虽然把自己“剩”到了三十多岁，但一定要相信，爱情是美好的，相信它就在前方。

以上建议都是我们几百期情感节目之后总结出来的，绝对有很强的操作性，希望“剩女”姐妹们加油，早日找到身边最重要的另一半。

离婚女士如何越嫁越好

在这个离婚逐渐成为家常便饭的时代，身边离过婚的女士越来越多。有时和妈妈聊天，会告诉她“美女 A”离婚了,“美女 B”也离婚了，她老人家都会欷歔半天：“唉，挺好的孩子，你说以后可怎么办呀？”每次听妈妈说这话，我都笑话她瞎操心。不过她有这种想法也是正常的，妈妈那代人离婚的并不多，她就有女同学离了婚以后再也没嫁人，一直郁郁寡欢，所以在她心中，离婚对女人来说无异于火星撞地球，以后日子都没办法过下去了。

今天的女性早已崇尚独立，承受能力也相应地比以前高了很多，离婚对她们来说的确是重大创伤，但是重拾爱情者也真的不少。最近我有两个女朋友都在张罗着第二次婚姻，她们都是嫁给了从没有婚史的男生，而且现在看来她们也都是“越嫁越好”。当然我也有几个女友离过婚之后，一直没能再寻觅到想要的婚姻，就那样孤独下去，也许她们不缺爱情，但是却缺一个家。后来我认真分析总结了一下，认为，如果离婚已经是不可避免的事情了，那就干脆抱着“让暴风雨来得更猛烈些”的态度，速战速决，尽快开始新生活，毕竟人生苦短，有一个幸福的家是每个女人心灵深处的渴望。

如果你离婚了，如果你想更快地拥有新生活，那么爱情科代表有几点建议给您，当然这些都是我那些“越嫁越好”的女友们告诉我的：

首先，如果离了，就彻底一点。

婚姻毕竟不是买一件东西，想放下就可以立刻放下，离婚了，却依旧剪不断理还乱的大有人在。律师微微就是这样，和老公离婚九个月了，却依旧住在一起，还经常一起吃饭看电影，但是却都不想复婚。我很奇怪他们的生活状态，可是微微说，她觉得就是互相习惯了，顺其自然吧！结果后来他老公有了新的女朋友，微微竟然接受不了，但学法律的她当然知道，人家是合法的，所以只剩下自己独个儿心酸，还有就是后悔浪费了九个月开始新生活的宝贵时间。

其次，离婚以后，让自己更美!

离婚了，谁的心情都不会很好，可能也不太想打扮自己，可是这个时候其实是你展示个人魅力的不错阶段。用点时间来学学化妆、美容，练练瑜伽、舍宾，不但可以提高个人修养，而且也有了新的朋友圈，也可以让生活更充实，不至于天天承受独守空房的寂寞。我开始说的那两位近期要结婚的女友就都属于乐观主义者，她们离婚了，但是依旧把自己收拾得漂漂亮亮，而且开朗自信，自己也有很不错的职业规划，所以她们很快找到如意郎君我一点都不奇怪，因为她们在生活中就都是魅力女性，只不过以前的爱人不适合，所以爱情重新洗牌的时候，自己足够优秀，当然就会“越嫁越好”了。

最后，我也要提醒离婚的女士们，千万不要和婚姻中的男人谈恋爱。

要知道，据调查 95% 有婚外恋的男人都是满意自己婚姻的，婚外情只不过是他们的锦上添花，很少有男人会为了一个婚外的女人而去离婚，况且自己已经经历了痛苦的离婚过程，何必再去创造一次别人的痛苦呢？

还有，如果你正走在婚姻的边缘，那么能不离最好还是别离，其实每个男人都差不多，这是我的看法。

相亲一定要注意的十个细节

我主持的《选择》是一个纯粹的交友节目，来这里的人有很年轻的，也有岁数较大的。有一次，一位五十一岁的大姐和我说她有一个特别闹心的绰号——骨灰级剩女，因为“剩”了快三十年了，还没找到另一半。

“剩男剩女”大多有过N次的相亲经历，听了他们的讲述之后，你就会发现，很多不成功的相亲，毁就毁在了细节上。如果你还在一次次地相亲，如果你很有可能还要继续相亲，那么这篇文章你不妨认真看看，然后吸取前人的经验，努力让自己不再单身。

相亲者一定要注意的十个细节，一一数来：

第一，抖腿和吧唧嘴。

很多女孩都提出这个问题。男孩子不注意细节，说话就抖腿（可能是太紧张）、喝汤就吧唧嘴，面对这样的男孩子，女孩几乎都不愿意见第二次。

第二,一个人的演说会。

无论是男孩还是女孩，相亲一定要注意别一个人讲个不停。相亲本来就是互相了解的过程，自己夸夸其谈常常会令对方反感。有个女孩子相亲之后告诉我，对方太让人受不了了，一个人夸夸其谈地讲了四十分钟的经济形势。女孩听不下去了，问男生喜欢看电影吗，就是想转个话题了，结果男生继续谈金融危机对电影业的影响，又是四十分钟，女生崩溃了。

第三，头发要洗干净。

一个男孩子受父母之命去相亲，听介绍人说女孩学历本科、外企工作、月薪两万、家中独女，条件听起来十分不错，男孩未见面就有些心动。开始谈得也不错，男孩也不敢盯着女孩使劲看，后来介绍人走了，两人去吃饭，趁她低头吃饭时，男孩子终于有了仔细看看女孩子的机会。不看还好，仔细一看发现女孩有很多头皮屑，顿时好印象全都烟消云散了。后来女孩给他打过电话，但是男孩已经没有兴趣了。也许女孩就是那天工作繁忙没顾上好好梳妆一番，于是生生地错过了一段姻缘。

第四，不要喝太多酒。

酒后易多言，言多则必失，尤其第一次见面，能不喝酒尽量不要喝。

第五，避免谈之前的感情。

难得遇知音，有时候第一次见面大家谈得很投机，一不小心就会触碰以前的情感，越说越多，结果对方就会觉得，“既然以前的那么好，还来见我干什么？”

另外，万一你们发展不错，谈婚论嫁了，这些之前的情感细节都会成为把柄，到时候女孩可能会时不时拿出来晒晒，“你第一次和我见面，谈的都是你前女友，你说你说你说，到底是怎么想的？”结果很可能这辈子都被她踩在脚下。

第六，关于房子和车子。

问题很现实，但第一次不适合问。而且如果你是个聪明的女孩，很快就可以看出来。第一次就问这些，对方不管有钱没钱，心里都会反感。在这个社会中，特别是在大城市，没房没车的“牛奋男”的确不好找老婆，关键是过不了丈母娘那一关，但这里面有窍门，只要你打动了女孩子的心，她自己就会去和爸爸妈妈争取，那样一切就都简单了。女孩子心里也一定要明镜似的，只要看准的是潜力股，没必要非有房有车不嫁。

第七，点菜恰到好处。

点贵点的，显得太虚荣；点便宜点的，显得太没品位，所以分寸要注意把握。

第八，谈电影常常是最智慧的话题选择。

如果没有话题，建议可以谈关于电影的事，容易找到共同点，而且还不是很敏感。关键双方感觉好，下一次就可以约会去看电影。所以这就要求去相亲的双方做好功课，去之前，先上网查查，最近哪部电影在热播？大概情节是什么？幕后花絮有哪些？然后见面时表示出对这部电影的期待，顺水推舟，没准当天两人就走进电影院了。

第九，皮鞋要干净。

很多帅哥靓女衣服很漂亮，但鞋子很脏，这样的情况很煞风景。看男人，主要看三个地方：鞋子是否明亮，皮带是否有品位，钱包是否整洁。识女人，也有三个重点：指甲是否整洁、甲油不能斑驳，香水一定清淡，鞋子是否干净。

第十，男士买单要主动。

这个原因就不用多说了，好像早已是约定俗成之事。当然也有少数的例外，我们电视台的一个主编，第一次和老公约会，就是她主动买的单，后来那个男孩觉得她很实在，两人就自然而然地走到了一起。

以上的经验是很多人相亲之后总结出来的，所以记住以上的准则，才能更快找到自己中意的那个人。要明白，相亲时不走弯路也很重要。

三十岁男人相亲三十次之后的感悟

周先生，今年整整三十岁。

他从小生活在北京，胡同中长大，后来在北京一所大学读了计算机专业，现在在一家 IT 企业做中层，每月工资七千元左右。

这样的条件按说还是不错的，可是不知为什么，周先生一直是单身。

周先生进入三十俱乐部了，自己有点着急，妈妈更加急。周妈妈发挥自己是老北京人的优势，动员所有的亲朋好友给周先生介绍女朋友，周末还去中山公园去帮儿子相亲——这是这几年北京城的新时尚：相亲妈先见。两边的妈妈在公园中举着孩子的照片互相看，妈妈们看对眼了，就开始互相聊，都满意了再安排孩子们见面，这听起来多少有点儿父母之命的意思，谁让中国父母操心多呢！

周先生就是这样，在妈妈的安排之下，每个周末都去相亲，有的时候甚至一周会见两三个，半年相亲绝对在三十次以上。

六个月过去了，周先生依旧单身。

我问他："相亲那么多次，一个中意的都没有吗？"

他回答："有过一个，看着还行，结果发了几次短信，我就没有兴趣了。现在的女孩子特别现实，没说几句话，就问我有没有独立的住房，还问我房子是不是我的名字，一听我就没兴趣了！"

又问他："那你相亲三十次，一般都为什么没有下文了呢？"

周先生给我详细地介绍了他的相亲经历，以下就是他三十次相亲之后的一些感悟：

“首先，一般来相亲的女孩子都会把对方想象得特别好，所以一见面都会表现出一点点失望，现在我每次都和介绍人说，一定不要把我说得太好！最好说得差一点，省得人家心里有落差。

“我比较喜欢漂亮的女孩，可能所有的男孩子都这样想吧，可是我发现漂亮女孩根本不用相亲，早就被人追跑了！

“有的女孩第一次见面就对我说，想去吃西餐，你说中国人为什么老想吃洋餐？又贵又不实惠。

“我是学计算机的，特别希望能找个学文科的，可是接触了多个女孩之后，发现学文科的女孩子都爱追求浪漫，要求太高，比如第一次就问我：‘你会每天给我买花吗？’这样的问题让我觉得对方根本就不是想找老公，而是想找个情人！

“我今年三十岁，我想找个二十五岁左右的，可是不知道为什么现在大龄‘剩女’那么多，来见我的好多都比我大，我真的不想找个姐姐！

“我不想找个女强人，可是到三十岁还没结婚的女士似乎很多都是女强人，上来没几句话就透露出了强势，真要是结婚了，我还不得家庭地位低下啊！

“不过还有的女孩倒不是什么女强人，但极端了，彻底一个没工作，我一个月只有几千块钱，再养活一个人的话还是很有难度的！”

听上去周先生似乎见的人都有点不靠谱，但这其实就是如今“剩男剩女”的最大问题，大家都到了这个年龄，所以常常显得迫不及待，上来就直接把自己最真实的想法表达出来，可是这相亲就如吃饭，总得先来个凉菜，然后才是热菜，你最好每个菜都尝尝，别就找自己爱吃的吃个没完。最爱吃的菜就如感兴趣的话题，你只关心这些事情，忽略了其他，这顿饭就少了不少滋味，相亲也就不太成功了。

对于周先生，我建议他转移注意力，不要总是盯着女孩子第一次见面说什么，不妨多往好处想一想。比如女孩子现实点没什么不对，将来可能比你还会理财；女孩子要求浪漫也没什么不对，你可能就从浪漫中也找到自己的快乐了；女强人又有什么不好？是女人都有温柔的一面；年龄大一点则比较会照顾人。转变一下自己的思维，减少点挑剔，周先生才有望在相亲中找到爱情。

还有，人有的时候不能太明白，在爱情开始的时候，最好糊涂点，都说感觉最重要，人只要看着舒服，那就不妨交往一段时间，很多优点都是需要时间来展示的。

总有一个人最适合你

总有一个人最适合你，这句话用在赵女士身上很合适。

赵女士今年已经五十四岁了，并不年轻也不漂亮，单身多年，想通过《选择》来找个老伴。她第一次来的时候我就问她，是来找个伴还是来找爱？她低下了头，“我这个年龄，就是来找个伴！”

一天，赵女士和节目组联系说要结婚了，我们特别高兴，可是第二句话让我惊了一下，她说新郎不是李先生。

要知道，三个月前，赵女士还和李先生来过我们栏目组专门讲他们俩的恋爱经历，当时看上去还是很幸福的。三个月过去了，赵女士身上到底发生了什么事情呢?

故事还要从头讲起:

大概半年前，赵女士在我们的节目中认识了李先生。李先生生活在农村，但是家里条件很好，子女也特别支持他再婚，赵女士当时觉得李先生人比较老实，也很诚恳，所以就答应交往一下。

过了一个月，两个人一起来我们单位，当时给我带了一大箱子桃。正当我们开心地吃桃子的时候，我不经意间发现，李先生悄悄拉了一下赵女士的手，那种六十岁人的小亲密把我们都给逗乐了。

过了两个月，应编导邀请，两个人再次来到节目，而此时两个人之间似乎有了一点小矛盾，因为中午吃什么就拌了几句嘴，当时我们的专家还出马帮他们调解了半天。后来两个人都表示如果有可能，三个月后就结婚。

说得很准，三个月后赵大姐真的结婚了，但是新郎换人了。

这是怎么一回事呢?原来赵女士和李先生在三个月前最终因为各种小矛盾而分手了，那段时间，赵大姐挺伤心的，以为这辈子都不会再有爱情了!于是一个人回到了东北老家。恰在此时节目组接到了陈先生的电话，他说家人在节目中看到了赵女士，认为他们很合适，想通过我们节目认识赵女士。

经过赵女士的同意，我们的编导帮他们互相联系了一下。

这个世界上，总有一个人最适合你，陈先生也许就是上辈子等待赵女士的那个人!

两个人第一次通电话就感觉相见恨晚，然后约定以后每天都通电话。

一周之后，两个人就进入了热恋状态，每天通话几个小时。对于他们这个年龄的人来说，这种热度让两个人自己都觉得惊诧。两周之后，两个人都想到了见面，但是由于赵女士的妈妈身体不好，赵女士不能立刻回到北京，于是两个人决定视频聊天。

为比，陈先生添置了一台电脑，赵女士则和妈妈搬到了有电脑的弟弟家住。

两个人开始了浪漫的、每天十个小时的视频聊天，比年轻人都热烈，得说什么才能说这么久啊？

陈先生说：“我们说的那可太多了，我们连将来去世了我去和我前妻合葬、她和她前夫合葬的事情都商量好了！还有，她的孩子、我的孩子、她的财产、我的财产将来怎么办，都已经商量好了！”

我问：“那你们就不说点亲密的话？”

赵女士笑着说：“有一天，也就是七夕那天，他在电脑那边说：‘今天是中国的情人节，我爱你！’我感动极了，当时就哭了！”这辈子第一次有个男人说“我爱你”是在她五十四岁的时候，有点晚，但还好，总比一辈子都没听过这样深情的表白幸运。

他们给我送结婚请柬的时候，一直十指相扣，爱意写在脸上。

她已经五十四岁了，依旧可以火热地去恋爱，她说，自己很幸运，幸亏前一段没有凑合，幸亏等到了这个最适合自己的男人！

这个世界上真的有个人最适合你，为了找到他，你有可能走一些弯路，有可能过几个泥塘，但是找到幸福之后就会发现，曾经的苦难都是为了衬托今天的幸福。

纸枷锁

做情感节目最大的好处就是可以听到很多真实的、扣人心弦的爱情故事。我是一个很容易沉浸在别人故事中的人，所以每天录完节目我都必须有半个小时的解压时刻，有可能去喝杯茶，有可能就是在车里靠一会。这一天，我选择了去西山透气，回味白天听到的故事。

应该说这是一个很传奇的爱情故事。

林林，今年三十二岁，几年前一直活在一个虚无的誓言中。

故事要从六年前讲起：

当时，刚生下一对双胞胎不到一个月的林林遭遇了人生最大的变故，深爱的丈夫突然出车祸去世，因为林林正在坐月子，家里人全都瞒着她。林林在家里安心地养着孩子，一直以为丈夫就是出差了，去的那个地方没有手机信号，所以一周没有联系。

孩子满月那天，林林想给孩子们庆祝一下，没想到，等待她的是这样一个噩耗。

见到丈夫，是躺在太平间里的尸体，那张冰冷的脸似乎已经有点变形了。林林和家人说："你们出去，我想和他说说话。"大家静静地出去了，林林噔的一下坐在了地上。

林林说，自己那时竟一滴泪水都没有流，因为她知道流泪对母乳不好。听这话的时候，我一下子想到了《天下无贼》的结尾，那个已经怀孕的母亲得知孩子的父亲已经去世，强忍着眼泪，又吃了不少烤鸭饼。她要吃，为了肚子里的孩子，等吃饱了再哭。天下的母亲都是这样的！

摸摸他的脸、他的手，林林许下一个誓言："亲爱的，等我三年，三年之后孩子懂点事了，我把他们安顿好了，就去找你，记得等我，我一定去找你。”

这个誓言陪伴林林走过了接下来的六年时光。

前三年过得很快，双胞胎儿子渐渐长大，越来越可爱，已经可以和大人逗着玩了。林林尽了自己最大的努力陪伴他们，可是她的心里一直在惦记着另一个世界里的丈夫。就快到三年的关口了，林林开始筹划她的誓言，虽然她也舍不得孩子，舍不得父母，但是她坚定地认为，誓言如果不去实现就会遭到报应。

吃安眠药五次，她都被家人抢救了回来，全家人都紧张死了，恨不得二十四小时盯着她。

世界就是如此奇妙，就在林林被这个誓言折腾得痛不欲生的时候，另外一个男人出现了。那天，林林正在自己家的小卖店卖货，一回头，就看见了他。林林脱口而出：“你终于回来了！”之所以说这句话，是因为这个男人和林林前夫长得实在太像了，后来林林的家人见过之后也都说“好像”。

林林和这个男人开始恋爱了，因为林林的传奇经历让这个男人很同情、很着迷。男人像之前的丈夫一样，深深地爱着林林，在爱中，女人暂时忘掉了悲痛。

就这样，又过了三年。

这三年林林一直痛并快乐着，一方面她觉得誓言很重要，如果不去死就对不起死去的丈夫，可是每次想自杀的时候又觉得对不起活着的那个男人。

林林生活在生与死的矛盾中，于是她来到我的节目中。

在现场，心理专家为她做了一个心理游戏——死亡体验，让她进入催眠冥想状态，让她明白死亡是一件很痛苦的事情，并且在体验中让她许下一个新的诺言："一定把孩子健康地带大！"

林林接受了新誓言，和那个男人带着两个儿子开心地走出了演播室，后来还专门给编导打回一个电话，说她彻底解脱了，她要好好地活着，好好地爱两个儿子和那个男人，不是忘了过去，而是珍惜眼前人。

其实爱情中的错误誓言，就犹如一个纸枷锁，锁住的仅仅是你的心，想挣脱只需要一挥手的力量……

第八章

如果老公是一粒种子

女人有的时候还是糊涂一点好！

RU GUO LAO GONG SHI YI LI ZHONG ZI

婚后大部分女人都是红太狼

有人说，嫁人就要嫁灰太狼式的男人——有才、爱家、怕老婆。其实反过来看，往往正是因为有了红太狼这样的老婆，才造就了一大批灰太狼先生。

对红太狼有一个好印象就是她还算是个好母亲，在《喜羊羊和灰太狼之虎虎生威》中有这样一个情节：所有的动物为了逃出游乐园，准备坐过山车逃跑，就在出发之际，红太狼抱着儿子小灰灰赶来了，说了一段让所有人都动容的话语，大致意思就是麻烦大家带上小灰灰，他还小而且很善良，然后嘱咐小灰灰："以后不能再任性，妈妈不在身边，你要听话！"

这个时候，我相信，所有的观众都会给红太狼加上印象分，还好，她还有闪光点。

但大部分人还是对红太狼没有太多好的评价，觉得她就是个怨妇——臭美虚荣、自以为是、天天抱怨老公无能、脾气超级暴躁，手中的小平锅就是随时可以挥动的武器。对此，我反而认为红太狼其实就是对婚后女人的极品描述，应该说大部分结了婚的女人都可以在红太狼身上或多或少地找到自己的影子。

红太狼是典型的望夫成龙，可又有哪个女人不是这样呢？嫁给一个男人，难道不盼他事业有成、多带银子回家，就像灰太狼带回羊一样？如果老公窝囊，月月空手回来，哪个女人又会不唠叨呢？最初也许会讲究方法，会和风细雨，但是往往效果不好，慢慢地，女人们就都变成红太狼式的唠叨婆了。中国有句古语，“嫁汉嫁汉，穿衣吃饭”，到了灰太狼这里应该就是，“嫁狼嫁狼，往家拿羊”。人家在娘家的时候，好歹每月都能吃着几次肉，结果嫁到灰太狼家，天天都和羊一样吃白菜，这日子谁不得抱怨啊？

一个女人在家认真带孩子，当全职太太，老公呢，每次出门之前都信誓旦旦，一定要拿回来够一年吃的羊。但牛皮不能是吹的，火车不能是推的，次次失手，两手空空，老婆就只能“进化”成红太狼了。

我曾经采访过一个女子，她的老公就是这样，每个月都会说“这个月我去工作赚钱养活你”，但是月末了，一分钱也没拿回来，房租、饭钱全靠老婆给，关键还不省事，还总向老婆伸手要钱，而且是乱花钱。女子和他结婚四年，这样的日子忍无可忍，最后只有提出离婚，并且态度坚决。我想，如果红太狼可以离婚，也许早离了，嫁个蓝太狼、绿太狼也许就不用再忍饥挨饿，脾气也会从此温顺不少。贫贱夫妻百事哀，在狼这里也适用。

红太狼作为老婆，就喜欢听赞美的语言，这又和所有的婚后女人一样，多少虚荣在作怪啊。这一点，灰太狼先生还算做得不错，不管其他如何，至少嘴甜哪，比很多男人们都会做老公。

仔细想想，红太狼的唠叨、霸道、虚荣、刀子嘴豆腐心，这些不都是很多婚后女人的通病吗？只不过红太狼极致一点罢了。

丈夫和情人

她想和他分手。

他们结婚十年，女儿九岁，在结婚纪念日那天她提出离婚，原因是她觉得自己已经厌倦了这一段婚姻，丈夫的暴躁啰唆也让她无法忍受。之后，她就有了情人——她的一位同事。

丈夫得知后，出奇地冷静，思考几天之后，决定原谅她的出轨，因为他希望女儿有一个完整的家，可是她却在犹豫，因为她是个很浪漫并且有一点冲动的女人，她觉得情人给她的快乐是无与伦比的。

妻子说："给我点时间，让我好好想想！"

妻子一个人走了，丈夫在家里不知所措，他突然发现其实自己那样地爱妻子，而在过去的十年里，好像自己都没有珍惜她，有的时候会对她发火；有的时候会唠叨她；从来没有给她买过礼物；从来没有给她庆祝过生日……即使妻子有过出轨行为，在即将失去她的时候，丈夫依然觉得只要她回来，一切都可以重来。

三天后，妻子告诉他自己在黄山，他立刻放下手头的工作去黄山找她。在山脚下丈夫问了四十多家酒店，没有找到妻子的踪影。她手机关了，他给她发了很多短信，可是她一条都没有回。先生在黄山附近等了四天，天天白天出去找人，晚上就一眼不眨地盯着手机看，期待着她的消息，可是，一百多个小时过去，他得到的都是失望。男人自己从黄山回来的路上，忍不住哭了……

十天后，妻子回来了，她说要来我的节目中和他分手。

他也很想来参加节目，希望我的节目能帮他挽回这段婚姻。

就这样，我见到了这一对夫妻——铁了心的丈夫和铁了心的妻子，还有他们九岁的女儿。女孩看上去怯怯的，在父母的争吵中，她很受伤。

心理专家问妻子："在你心中，你选择丈夫的标准是什么？"

妻子回答："理解、宽容、体贴！"

心理专家又问："那如果你选择情人，你会比较看重什么？"

她想了一会回答："浪漫、幽默、激情！"

我觉得这个女子还是很诚实的，她的回答很准确，丈夫和情人的区别也就在于此，所以有些男人很适合当丈夫，而有些男人则只是很好的情人。每一个选择了好丈夫的女人心里多多少少都会盼望爱人能够多一点点情人的气质，当然大多数情况只是心里想想。

想到丈夫我们会联想到"馒头面包白开水"，很普通，但是不可缺少。情人则是"鲍鱼鱼翅蜜糖水"，很美味，但是吃多了对身体不好。

录完这期节目，妻子说，她想再考虑一下，因为她也感觉到了婚姻的珍贵，但是她心里依旧放不下对浪漫的渴望……

其实爱情中的选择没有对和错，选择了丈夫，挺好，毕竟家庭就完整了，几十年后和谁都是一样地平淡生活，也许那个时候就会觉得幸好当时没有离婚；反过来如果选择了情人，也好，人生就这一辈子，感受一次轰轰烈烈的爱很幸福。

虽然没什么对错，但这期节目带给我们很多启发：无论男人还是女人，在婚姻中都应该有点"情人精神"，想想对方如果现在只是我的情人，那今天我该为她做点什么呢？可能是给她做顿饭；可能是给她买个小礼物；可能是一个拥抱、一个深吻，这些都会让对方享受到爱情的甜蜜。人就是会慢慢变懒，特别是在婚姻情感中，总觉得对方已经是到手的黄瓜地了，再怎么呵护也不可能种出西瓜来，所以不浇水不施肥，直到地里长满了野草。这时后悔已晚。

80后儿媳遭遇强势婆婆

小静坐在我对面，一个说话很利索的女子。

她是一个母亲，一个七个月大孩子的母亲，最近老公向她提出离婚。

婚姻法规定，孩子哺乳期之内男方是不能起诉离婚的，但是丈夫表示，只要孩子一周岁了，这婚一定要离。

是什么让丈夫这样绝情呢？小静给我讲了他们的故事：

三年前，小静和硕士毕业的老公相识于北京，两个人都是北漂。

两个人是通过合租房子相识的，最初住在一个屋檐下，经常一起拼饭，有的时候还一起拼车。在这个大都市中，两个人都是孤独的，孤独者走到一起似乎也是很自然的事情。说不清他们的爱情是从哪一天开始的，反正当他们房租到期、再次租房的时候，两人很默契地搬到了一间房子里。小静以前从来没有谈过恋爱，这是她的第一个男友，所以她几乎把全部的爱都给了这个男人。她是个很细心的女孩子，每天早上六点就起床，为自己心爱的男人做早饭和中饭，然后用盒子很精致地装起来，男友起床后就带着这“爱情盒饭”去上班。男友一出门，小静就开始发短信，告诉他盒饭吃之前要先热一下，告诉他天冷了要把拉链拉紧一点，每天像一个母亲一样关心着这个男人。

可问题是，这个男人有一个同样关心他的母亲。由于丈夫去世早，这位母亲几乎把全部的爱都寄托在这个将近三十岁的儿子身上。有的时候，爱太多就泛滥成灾了。

小静从来不会知道，结婚之后她将和婆婆“争夺”这个男人的爱，她以为爱情可以改变一切，她以为自己情商还算高，可以处理好婆媳关系。

结婚后第一周，婆婆就搬来了，因为这么多年，婆婆已经习惯和儿子生活在一起了。小静心直口快，看不惯的事情总是憋不住，比如婆婆很节俭，总是把喝过的饮料瓶子攒起来卖钱，有的时候还从外面捡一些回来，小静觉得挺丢人的，老是忍不住说两句，有的时候还悄悄把老太太捡的瓶子给扔出去。老人家当然很生气，而且在他们老家那边，老人都是很强势的，于是小吵小闹在这个新婚小家中经常发生。

每次发生矛盾的时候，做丈夫的那个男人总是躲在一边，他觉得不掺和很重要，而且妈妈和媳妇他是谁也控制不了。随着时间的推移，两个女人的矛盾越来越深，男人的不作为，更让两个女人都觉得这个男人的心不在自己身上。

我问小静，毕竟是老人，怎么能和人家吵起来呢？

小静回答：“我是独生子女，从小家里就惯着我，所以我常常忍不住，其实吵过之后我真的挺后悔的，毕竟我爱这个男人！”

几个月后小静怀孕了，这让家里安静了下来，老太太再怎么吵，也抱孙心切啊！小静以为从此开始过好日子了，可是一次普通的孕期检查却像是给这个家投下了一枚炸弹，几乎把爱情夷为平地。

那是小静怀孕八个月的时候，检查中意外发现小静得了一种皮肤疾病。医生说得病的原因是孕妇抵抗力下降，建议赶紧治疗，要不可能会传染给孩子。

小静一听急坏了，赶紧叫来丈夫。其实当时医生说得很清楚，这样的疾病在很多孕妇身上都可以看得到，没有必要大惊小怪，及时治疗就一点问题都没有。

这个不成熟的男人已经习惯了凡事向妈妈汇报，小静自己还没反应过来时，婆婆已经介入了这件事情。因为缺乏医疗知识再加上思想传统，婆婆坚定地认为小静得的是一种“脏病”，这病一定是因为小静背着儿子做了“坏事”才得上的，任凭小静和老公如何解释，婆婆就是听不进去。

婆婆把家里所有的生活用品和小静用的都分开了，而且要求儿子住在自己的屋子里，不许两个人再有身体接触。怀着孩子的小静忍受不了，哭闹过几次，儿子也请求母亲，婆婆最后终于同意两个人住在一个房间里。但住在一起是有前提的，婆婆在屋子里支了一张小床，她要求儿子只能睡在小床上，必须和小静分床睡，而且自己也会随时进来检查。于是，无论什么时候，婆婆都有可能推门而入，小静和老公也无时无刻不生活在紧张之中。

矛盾还在升级。

小静在情绪极差的状态下生下一个胖儿子，可是在这个过程中她也失去了丈夫的耐心和爱，这个男人夹在两个女人中间终于受不了了。最后他选择了母亲，搬出了和小静置办的那个家，甚至很少回来看儿子。

小静的情绪一直很糟糕，她想不明白为什么婆婆要这样对待自己和没有满月的孩子，难道选老公的时候还得选婆婆吗？她几乎天天抱着孩子哭。

故事讲到这里，我不想谴责谁，但是我很可怜那个孩子。心理专家说，虽然这个时候的孩子还不会说话，但是母亲的情绪直接影响着孩子的成长，对孩子的心理发育极其不利。

我非常同情小静，毕竟孩子才七个月，但是我也觉得，既然这个男人那么坚定地要走，小静就必须坚强起来，孩子已经少了父爱，不能再缺少母爱。与其不断地流眼泪，不如选择快乐地自己养孩子。

这个故事给我们的启示就是：在结婚之前必须摸准婆婆的脉象，如果婆婆强势，要么你有绝对的信心让老公站在你这一方，凡事先和你商量，要么你不敢保证能驾驭得了这个男人，那你就必须得学会示弱。当然，还有一条路可以走，那就是不嫁到这样的家庭中，一旦发现婆婆和你不是一路人，那就“三十六计走为上”。

婆媳吵架，中间那个男人有点笨

一对夫妻，要去离婚。

离婚前，两人抱着一线希望走进了我的节目，于是我又听到了一个因为婆媳矛盾而家庭不幸的故事。

妻子说：“我爱他，但我必须离开他，我实在受不了他妈。”

丈夫说：“我不想离，可是我妈只有一个，她和我妈都打起来了，我只有放弃她。”

听起来，这好像是一个悲情故事，可是仔细一分析，你就会发现他们自身也有不是的地方。

在结婚之前，婆媳就已经彼此不满意了，起因是一件小事：一次谈起要结婚的事情，婆婆自言自语道：“这女孩哪里都不错，就是太瘦，也不知道将来能不能生出孩子来。”要说这话的确不中听，但是如果你只把它当作是母亲和儿子之间的闲聊天，那也没什么，毕竟中国的妈妈们都觉得生儿育女是人生最大事，有点担心实属正常。可是儿子竟然很没有智慧地把话传给了当时的女友后来的老婆。这话当然谁也不爱听，女友特别生气，自然就会说一些对未来婆婆不恭敬的话，然后再传过去，再传回来……

这种传话当然很不聪明，不过，我也能理解这个男人，可能他从来都不会撒谎，跟家人就是把实话一股脑地都倒出来，可是，咱们倒出来的时候总得挑选一下啊！如果你选择的都是“我妈说你有点瘦，但是很漂亮”、“我女友说妈您很好相处”这样的好话、甜蜜话，相信最初的矛盾就会少很多，最后的结局也不会是这样。

婆媳矛盾常常都是因为中间那个男人有点笨。这个家庭就是典型。后来他们结婚了，丈夫夹在两个女人中间，谁都不想得罪，和谁都讲实情，连善意的谎言都不懂得合理应用，结果婆媳之间矛盾日渐增加。全都是鸡毛蒜皮的小事，但没有一个人往后退，终于有一天，婆婆和媳妇大打出手，关系彻底决裂。

我问丈夫：“她们打架的时候你在哪儿？”

丈夫说：“在旁边看着，说谁也不听啊！”

我真是“佩服得五体投地”，他竟然可以看得下去。

再后来，妻子一个人搬了出来，事情闹到这里，只有离婚了，而就在进演播室之前，丈夫还在对她讲：“我妈现在不能见你，她说见了你就气死了！”这可真是火上浇油啊。

我想用拱桥的道理来讲讲婆媳关系：男人就是妈妈和老婆之间的拱桥，如果你传递的都是两个人的好，那她们就会从桥的两边往上走，最终到达幸福的顶点。如果你传递的都是负面信息，这架拱桥就成了“倒拱桥”，是在水面以下的，两个人也是从两边走，最后就走到了水下。

拱桥的道理，不知道是不是每个男人都明白。

婆家人为什么总成为爱情的杀手

美云曾经是我的助手，是一个很勤快也很聪明的女孩子，后来她结婚了，很快又怀孕，便辞掉了工作，回家安心养胎。

有天晚上，她给我打来电话，几个月不联系了，我很开心地问长问短，还告诉她我给她留下了不少宝宝的衣服，希望她也生个女宝宝。等我啰啰唆唆说完了，美云才吞吞吐吐地说打电话来是请我帮忙的，希望我帮她找一个产科专家，因为她想把怀了五个月的孩子打掉。

我一听就蒙了，因为我刚当了妈妈，怎么也想不通都怀孕五个月了，怎么舍得不要宝贝？

美云说，她也是没有办法，因为可能要离婚了，她实在没有能力也没有勇气一个人带着孩子。

美云当时谈恋爱我是知道的，她老公大涛很疼她，每天起大早送她来上班，我们工作的时候，大涛就去给大家买早点，一副模范丈夫的样子，我们都在羡慕美云嫁得好呢！谁知这还不到一年，怎么就打算分道扬镳了呢？

当我问美云原因时，美云半天没说话，我知道电话那端的她在哭。

过了好一会儿，美云才断断续续地讲了个中缘由：

原来大涛是家中独子，一直都是父母的心肝宝贝，美云和大涛谈恋爱的时候，婆家人对美云还是很好的，可是后来大家在一起过日子了，矛盾便日渐凸现。大涛的父母不喜欢美云每天打扮得花枝招展；不喜欢美云花钱大手大脚；不喜欢美云占用大涛所有的时间，而大涛呢，有的时候也是不小心，会把美云的一些话告诉父母，惹得父母越来越不喜欢美云，大涛夹在中间也觉得很烦，就又会抱怨美云不懂事，就这样，争吵时不时地爆发。

就在这个时候，美云发现自己怀孕了，本来以为孩子的到来可以缓和两人的关系，可是没有，家里的气氛反而越来越紧张。

大涛的姐姐也是其中一位关键人物。以前大涛单身的时候，最听姐姐的话，现在结婚了，姐姐依旧是大事小事帮着大涛拿主意，美云自然而然地就很不舒服，就会暗中抵抗。这样时间长了，以前很喜欢美云的大涛姐姐也站到了她的对立面，常常话里话外责怪她，而美云刚刚怀孕，脾气也不太好，争吵就变成了家常便饭！

最后，大涛受不了家里的矛盾了，就提出来离婚！

美云没有想到大涛会说出这样的话，毕竟已经有了孩子，可是大涛的理由也没错：现在都天天吵，将来孩子出生麻烦更多，还不如快刀斩乱麻。

最让美云生气的是，有一天在家里吃饭，美云有点难受就没吃，婆婆说她毛病太多，美云一气之下顶了几句，没想到大涛急了，动手打了她，美云愣在当地，然后就跑了出来，于是就决定走出这段婚姻。

美云说了很久，我劝了半天，后来看她决心已下，就帮她联系了医院。

听了美云的故事，我情不自禁地想到陆游的《钗头凤》：“红酥手，黄藤酒，满城春色宫墙柳；东风恶，欢情薄，一怀愁绪，几年离索，错、错、错！”为什么婆家人总会成为爱情的杀手？

在我的印象里，美云是个乖巧的女孩，应该很会处理婆媳关系，但我也知道这种事情肯定是两边都有原因，一个巴掌拍不响啊。也许婆媳关系永远都是这样，总是很难和谐共处，所以，我们唯一能做的就是在结婚之前就开始培训自己的男人，让他明白在老妈面前要学会美言媳妇；让他明白小两口的事情自己处理，别动不动就搬出老太太当救兵；让他明白将来他是和你过一辈子，要学会发动你的积极性一起去和婆家人相处好！

如果老公是一粒种子

有一天早上收到一条短信，挺有意思的，“春天来了，你要把老公种在土里，等到秋天你就有一堆老公了，到时候让他们一个给你洗脚，一个给你捶背，剩下的老实干活看孩子去，谁不听话就揍谁，愿打耳光打耳光，愿打屁股打屁股，反正老公多得是，不够明年咱还种。”

看过除了一笑，还有一想。想老公如果真的是种子，那老婆就是耕耘者，俗语常说“种瓜得瓜，种豆得豆”，姐妹们是否真的明白呢？

身边就有一模范教科书：一位女同事，当年嫁给了门不当户不对的老公。她出身名门，独生子女，家境优越，娇生惯养，而他生在山里，长在村里，兄弟五人，排行老大，就是这样两种截然不同的环境中长大的两个人走到了一起，几乎所有的人都不看好他们的婚姻。可是让所有人都大跌眼镜的是，这位姐姐把老公当成一粒种子，一点点地浇水施肥，悉心照顾，从讲究外表开始打造老公，教他为人处世的哲学，两个人一起攒钱周游世界，最终结果是，老公在婚姻中成长为“模范树”，不仅回报了耕耘者，还保鲜了爱情。我认为，我这位同事是一个不错的“务农者”。

另外一个例子：我中学同学小娜，也曾经把她的种子种成了参天大树。那个男孩和小娜在一起之前，一点都不出众，小娜当了一回伯乐，看中了男孩，力排众议，嫁给了比自己小六岁的他，然后辛勤培育，“树”也长得很快，但是小娜没有及时修剪多余的枝叶，结果“树”被旁边的“花”拉走了，被“嫁接”成功，小娜则变成了一个辛苦但并不成功的“务农者”。

所以，如果老公是一粒种子，那我们就必须做一个有技巧的“务农者”：

你要保护他，“种子”都是脆弱的，你要小心他不要被摧残。

你要栽培他，让他长成“参天大树”，教给他做男人的责任，并且告诉他只有你和你的孩子才可以在“树”下乘凉。

你要美化他，让他学会穿衣得体，但这并不是为了招蜂引蝶。

你要欣赏他，不管种出来的是爱飘白毛的“杨树”还是爱随风摆动的“柳树”，亦或是潘多拉星球上的“智慧树”，你都应无条件地赞美他，因为他是你的劳动成果。

你还要会修剪，多余的枝叶早点剪掉，如此才不会被其他“花草”牵连。

如果老公是一粒种子，那老婆就是耕耘者，日后长势如何，能否挺拔，能否健康，能否遮风挡雨，就都要看耕耘者是否用心了。

雇人跟踪老公之后

四十岁的赵娜看上去只有三十五六的样子，这和她会保养是绝对分不开的，你想，一个挺有钱的女人，老公超忙，又没孩子，大把的时间除了做美容就是逛街，要不就是约一帮女友喝茶、聊点私房话，如此怎能不越活越年轻呢。

现在，优秀的女人大都单飞，赵娜的女友多数也都是单身，每次听她们讲恋爱又失恋的故事，赵娜都在庆幸自己在合适的年龄把自己嫁了出去，虽然丈夫工作繁忙，陪自己的时间越来越少，但那毕竟是一个完整、温暖的家。

赵娜的老公庞虎比她小三岁，是她第一份工作时带的实习生，当年疯狂地追求她，虽然双方父母都不太同意，但年轻人总是认为爱一个人就够了，赵娜三十一岁时顶着压力和他结婚了。直到今天赵娜想起新婚之夜老公说的那句话还觉得甜蜜无比呢！“小娜，我会努力打拼，让你过上最幸福的生活！”

庞虎说到了，也算做到了。

结婚后第三年，庞虎已经有了自己的公司，于是赵娜在他的要求之下，开始了全职太太的生活。

开始赵娜并不习惯，因为忙碌了这么多年，突然闲了下来，她不知道怎么打发时间才好，幸好庞虎比较体贴，每天总是第一时间赶回家陪她，让她觉得白天的等待也是一种美丽。

就这样，一晃六年过去了，赵娜步入了四十关口。女人一到四十岁可能骨子里就会多出一份对衰老的担忧，特别是比老公年长一些的女性，这个时候不自信总会悄悄溜来。

庞虎依旧对赵娜很好，只是应酬很多，回家的时间也越来越晚。无聊的时候赵娜就会去找那几个闺蜜聊聊天，听听她们哪个又分手了，哪个又有新目标了！听了她们的言语后，赵娜深深感觉到，如今的男人靠不住，似乎每个都是花心大萝卜。听得多了，自己就会瞎想，而庞虎的一些日常行为也让赵娜开始怀疑，比如他回家就关掉手机；有的时候出门散步会悄悄打开手机发几条短信，然后又关上；还有就是对自己也没有当年好了，说话总是敷衍了事。

当信任出现危机，女人常常会自认为很有“智慧”地去跟踪。似乎只有这样才能抓住点事情，可是，抓住了事情又能怎么样呢?

赵娜找了跟踪公司，交了四千块钱之后，就开始享受他们的服务了。几乎每个小时，都会有人打来电话通报情况：你老公现在在公司；你老公现在往一家饭店走了；你老公在和一个女人吃饭……

每次接到这样的电话，赵娜都是很矛盾的，又想听到点什么，又希望庞虎没什么乱七八糟的事情，而且每次赵娜都会打庞虎的电话和他核对现在的位置。

几天之后，赵娜就发现，庞虎的确有骗她的时候，比如在和其他女人吃饭的时候，他总会说是在加班，而跟踪公司的人会告诉赵娜，老公刚才是回车里接自己的电话，因为车里比较安静，好让自己相信他确实在公司加班。

几乎每个女人都会害怕自己的男人欺骗自己。于是，那一天，当庞虎又告诉赵娜自己在加班的时候，赵娜很快出现在了庞虎面前，当然坐在他面前的还有一个女人！赵娜觉得自己很冷静，可她还是忍不住骂了那个女人一句。

之后，赵娜和庞虎的关系急转直下，两人从此开始了激烈的争吵。

到我见到赵娜的时候，她已经准备离婚了。她告诉我，其实自己挺后悔的，后悔找人去跟踪他，因为后来她也知道他们就只是很好的朋友而已，受过高等教育的赵娜也明白了男人可能需要几个“红颜知己”来聊聊天。她还后悔一件事，就是不该太早地离开工作岗位，也正因为自己的孤独才导致对丈夫的全部依赖，才把时间都耗在想一些乱七八糟的事上。

如今，两个人的信任已经全部毁掉，争吵天天继续，所以婚只有离了。

看着赵娜离开时的背影，我突然有一种强烈的感觉，女人有的时候还是糊涂一点好！

女人说离婚其实不想离

某日录节目，来了一对夫妻。妻子说，日子没法过了，丈夫在外面有了别的女人，自己实在受不了，这婚是离定了。

我问丈夫：“你想离吗？”

丈夫想了想说：“她要想离，就离；不想离，就继续过！”

丈夫话音刚落，妻子就哭着说：“不行，我不想过了，一定得离！”

既然一定得离，那就离婚吧，很简单的事情，为什么还要到节目里来说一说呢？妻子说来的目的就是想痛斥一下丈夫的恶劣行径，说出来心里好受点。

只是想倾诉一下，那就给个机会让她痛快地说一说。

我认真地听了半个小时，结果发现妻子说的每件事最后一句话都是“他对我很好”，每当现场观众对她丈夫挑理的时候，她都会跳出来本能地帮丈夫解释，所以我已然明白，这哪里是一个铁了心要离婚的女人啊，明明是爱之深恨之切嘛！

于是我打断妻子的话，问她：“你还爱他吗？”

妻子没回答，看着丈夫。

我又把同样的问题问向丈夫，丈夫肯定地点点头。

那一刻，妻子泪如雨下，哭着说：“我也爱他！”

节目的结局大家一定都想到了，两个人手拉着手走出了演播室，丈夫当着大家的面深刻反省，妻子当着大家的面原谅了他。

在婚姻中，女人往往越陷越深，男人往往越走越远。每当男人做错了事情的时候，妻子常常会像当初谈恋爱的时候一样说出“不行就分手”这样的话，第一次、第二次丈夫可能会害怕，毕竟组成一个家庭不容易，可是如果说“离婚”这两个字犹如家常便饭，没准哪一天，女人说离婚，男人就会答“那就离”，那时，女人可真就“目瞪口呆”了。

做过不少情感节目，见过不少这样的“傻”女人，哭着喊着说老公不好，要分手，却从来不付诸行动，她们说分手其实只是想提醒男人重视自己，就像我女儿，常常假哭以吸引我的注意。可偏偏有那么多“傻”男人，不解风情，硬碰硬地解决问题，所以离婚率不断升高，后悔的人也一抓一大把。

有一首歌里唱道：“女孩的心思你别猜。”其实我倒觉得猜起来很简单，分手这样的话常常反着听就可以了。

当然，女人也要记得，这样的话尽量少说，只会骗人骗己又伤人伤己！

女人要学会示弱

一对结婚二十年的夫妇来到我的节目中。

妻子一上台就开始哭诉，说和丈夫几乎十年没有说过话了，冷战，丈夫对自己和女儿很不关心，看到她伤心的样子，说实话，同为女性我很同情。

十年不说话，这在我们眼里很难理解，有怎样的深仇大恨才能走到这步田地呀？等她稍微平静些，我便问她冷战的原因。妻子说，其实矛盾很简单，就是她比较喜欢玩麻将，丈夫很讨厌她的这个爱好，于是两人经常为此事发生争吵，后来就开始冷战，一战就是十年。即使这样，妻子依旧还是很不错地完成了照顾女儿的任务，并且公婆关系也维系得很好。

丈夫上台之后，我向他核实妻子的话，他承认。他说夫妻关系以前还不错，后来妻子经常去打麻将，他实在受不了了，就开始与妻子爆发战争，继而谁也不理谁。我问他妻子多长时间去玩一次，丈夫的回答让我大吃一惊，说一年也就十几次。我觉得这样闲暇之时玩玩麻将其实是完全可以理解的，但是丈夫并不这样认为，他是一个比较内向的人，希望妻子能在家多陪陪他。

虽然两个人都在埋怨对方，但是我和专家们都认为两个人还是有很好的感情基础，所以我们有信心帮助他们恢复感情。

专家首先剖析丈夫的问题，告诉他爱屋及乌的道理：既然你选择了她，就应该理解她的个人爱好，只要不影响工作就好。专家还肯定了妻子对家的付出，毕竟女儿是妻子一手养大的，丈夫很少操心。

大家都给妻子和丈夫出了不少招，我看丈夫好像听得很认真，便问丈夫，接下来打算怎么办？

丈夫回答："我知道自己的问题了，我会好好对待妻子的。我以前不理解她，并且对她关心太少，以后一定做好，我希望和她重归于好！"现场所有的观众都为丈夫的表态而鼓掌。

本以为，这期节目到这儿就可以收场了，没想到，丈夫表示自己认错之后，妻子反而开始变得咄咄逼人，把丈夫这些年来的所有问题都拿出来说了一遍，还当场表示绝对不可能原谅丈夫。

在录制这期节目之前，前期编导就分析说，妻子绝对不想离婚，她很希望丈夫能够和她重归于好，可是在场上我们发现她在和丈夫斗气。

就这样僵持了近一个小时，尽管我们专家百般劝解，妻子依然不松口，反而越说越生气。

其间丈夫几次向妻子示好，还想握住她的手，妻子都很用力地推开了。

最后，丈夫也放弃了……两个人走出演播室，朝两个方向走去。

回家的路上，我就在想，妻子回家后一定会后悔，因为如果她在场上退一步，可能两个人就会冰释前嫌，就差那么一点点，我相信他们很难再有今天这样坦诚的机会了。

想到这儿，我心里酸了一下，女人啊，有的时候就是不会示弱，最后难受的其实还是自己！

前女友的照片

这是发生在我一个朋友身上的故事，我觉得这位女友处理问题非常非常有智慧，希望你能从中学到一招：

静静和老公结婚已经四年了，日子过得还不错，可就在前不久，一件小事打破了生活的平静。

那天，老公去上海出差，静静心血来潮开始收拾家，家庭大扫除，希望老公回来之后看到一个大不一样的小窝。

静静最先收拾的就是柜子顶上的那几个大箱子，都是老公带过来的衣服，堆得乱七八糟，她早就想理一下了。费了很大的劲，才把大箱子扛了下来。

第一个箱子里都是些旧衣服，静静把它们都扔进洗衣机，打算洗洗就把它们处理了。

第二个箱子中也是一些旧东西，静静认真地整理了一下。

第三个箱子上面依旧是一些杂物，还有一个牛皮纸袋，很干净的一个袋子，本来以为是一些旧信件，打开一看，静静瞠目结舌。

袋子里竟然是照片，丈夫和前女友的照片，很多很多，厚厚的一沓。

丈夫的前女友静静是知道的，丈夫说他早已经忘记那个女子了，可是为何还留着这么多照片？而且还有一部分是很亲密的合影照片，比自己和老公还亲密。

静静一下子不平衡了，心里像打翻的五味瓶，眼泪止不住地肆意流淌。

老公打来电话，静静真想问问他到底是怎么回事，但是她忍住了，毕竟这是过去的一段情感，所以她应付了一下老公，挂了电话。那些照片她翻来覆去地数，一共七十一张，静静觉得自己翻得眼睛都发涩了。

然后，静静作了个决定，把这些照片贴在了墙上，卧室、客厅，哪儿都贴上，然后给老公发了个短信："家里给你留了个惊喜，早点回来，我去同学家了！"

老公回来后看到这一切就知道大事不好，头都大了，赶紧给静静赔礼道歉，并且保证立刻处理掉照片，以后一定不会再出现这样的事情。

本来这件事情就这样过去了，可是一个月后，事情又有了新的动态。有一天，静静在老公的办公室等他开会回来，突然接了个电话，想找纸记个号码，结果一开抽屉，竟然又看到了那个纸袋。

不是说已经烧了吗？怎么还好好地睡在这里？

这次静静真生气了，不明白为什么感情已经过去了，男人还这么恋恋不舍呢？

虽然自己很难受，但是静静依旧没有选择大吵大闹，那不是她的风格，而且也不值得因为这点小事闹分手，那还不如想个办法让自己开心一点！她很快就想到了一招，然后越想越觉得这招妙，非常地妙。之后，静静悄悄地把照片收起来，然后约老公去喝咖啡。

在咖啡厅中，静静笑眯眯地对老公说："亲爱的，我找到了一个生财的好办法，很快可以赚很多钱！"

老公正在看报纸，头都没抬地道："说来听听！"

静静调整了一下坐姿："我准备和你做笔生意，我又发现了你前女友的漂亮照片，看来你不想真的处理掉，那也没关系，过去的事情怀念一下说明你有情有义。不过，我相信你不希望它们永远在我手里，那很好，你可以买回去。我把照片分了等级，最亲密的一千一张，次亲密的六百一张，普通的五百一张！正常的工资你还得交给我，这个呢就只能用你的加班费来买！没钱的时侯也可以在家里给我打工，擦桌子、扫地、洗碗、做饭都可以算！”

老公大惊，可也实在无奈，只好同意。

现在他们的生活依旧幸福甜蜜，老公正在努力“还债”，每周末辛勤地替老婆干活挣小费，估计这债还得两年才能彻底还完！

据调查，很多男人都保留着前女友的照片，不过这并不代表他真的怀念这个人，他只是在怀念那些曾经青涩的年轻岁月。作为女人，发现这些让人闹心的照片之后，与其生气、吵架，还不如像静静一样智慧地想想办法，像做游戏一样处理它，如此既化解了危机，又给生活增添了快乐。

后 记

十年

在印象中，我从来没有隆重地庆祝过自己的生日，几乎每年的生日都是在工作和匆忙中度过，而三十岁的生日，我想，应该隆重一下了，不仅因为从此跨入了一个成熟的地界，更因为，我想为自己近十年来的成长作个总结，然后，争取让下一个十年更精彩。

十年前，我二十岁，在遥远的内蒙古一所学校里当老师，去过最远的地方就是北京。那次首都夏令营是我当时炫耀的资本，我经常对我的学生讲天安门多么雄伟，王府井多么繁华，麦当劳多么好吃，好像我经常出入北京，熟悉得不得了，而实际上，只去过北京一次的我对首都所有的印象就是天安门、王府井和麦当劳。如今，我天天穿梭于北京的大街小巷，对这里的高楼大厦、如织人潮、车水马龙早已熟视无睹，但每个星期我都仍至少走一次长安街、路过一次天安门，每次我都会回头看看主席像，虽然只是习惯性的动作；王府井倒是经常去，但都是陪外地来的朋友；只有麦当劳，我对它十年如一日。

十年前，我听张艾嘉的《爱的代价》，为刚刚过去的初恋唱挽歌，“也许我偶尔还是会想他，偶尔难免会惦记着他，就当他是个老朋友啊，也让我心疼，也让我牵挂……”十年后，我去KTV唱歌最爱唱的还是《爱的代价》，每次唱这首歌我都会对大家说：“这首歌唱给我们的初恋。”歌中的他还是年轻时的样子，灿烂的笑容在脑海中闪过，虽然生活中的他早已为人夫、为人父；虽然十年来我们从未联系过；虽然他的样子我真的记不住了，可这些都不能阻挡我怀念那些年轻的岁月和无忧的日子。

十年前，我们家门口开了一家艺术照相馆，门口挂满了巧俐的艺术照片，这样的照相馆在小城还是第一家。我攒了两百块钱去照艺术照，紧张得不得了，没想到摄影师说我很有拍摄感觉，不要钱了，代价是把我的几幅照片放成巨幅挂在玻璃橱窗里，我很愉快地接受了条件。这件事让我得意了很久，一有空就会到照相馆附近远远地看看自己的照片，看着过往的行人指指点点，心里很是满足，自己的虚荣心大概就是从那时开始膨胀的。十年后，我已经成为一名职业主持人，早已习惯自己的照片被到处张贴，单位墙上就挂着我的好几幅大照片，每天上下楼十几次，我好像从来都没仔细看过。倒是有一年回家，在老城一家商场里的楼梯拐角处，看到一个破旧相框里放着发黄的黑白照片，上面厚厚的一层灰尘，好像几年没人打扫过，相片里的女孩明眸皓齿，笑得天真无邪，那是当年的我啊！我站在那儿看了半天，对身边的表妹感慨道：“那时我好年轻！”表妹却说：“那时你真土。”

十年前，我拥有了一台令人羡慕的手机，那是一款摩托罗拉女士机，对这个品牌的信任就是从那时开始的。在以后的好多年里，我一直用摩托罗拉的通信产品。刚有手机时，我天天盼着它能响起，然后在大家羡慕的目光里接电话、挂电话，没事的时候，还总喜欢看它几眼。十年前在内蒙古的这座小城中，拥有手机还真是件新鲜事。十年后，换了多少款手机已经记不住了，以前换一款手机还会挂在胸前秀一秀，这几年，倒更喜欢放在包底，除了手机普及的原因，更因为多年的磕磕碰碰早让我学会了内敛。

十年前，汽车大多是公家的，那时候每个单位的司机都有一人之下、万人之上的架势。是啊，谁家没个急事，保不准什么时候就得用用车，所以司机是个抢手职业，到谁家都是又敬烟、又敬茶，日子过得舒服极了。十年后，满马路跑的都是奔驰宝马，拥有私家车也早已不是什么值得炫耀的事，我自己都换第二辆车了；我弟弟二十四岁就拥有了自己的车；我老爸，五十七岁开始学车。那年回家，坐着老爸开的车畅游故乡，现在的内蒙古不再像以前一样刮大风了，窗外风轻云淡，路上行人依旧不多，比熙熙攘攘的北京舒服多了。车内老爸并不是很熟练地打轮挂挡，我心存紧张但又快乐地享受这个过程。老爸说，他做梦也没想到有一天自己会开着车去上班，我告诉他，好好练技术，下次和他一起开车周游美国。

十年前，我每月挣四百多块钱，在同龄人中算是高薪，再加上省吃俭用，小小年纪的我已拥有了不少奢侈品，比如金戒指、派克钢笔、传呼机等等。十年后，我的工资早已不再按百来计算，拥有的东西更是不计其数，但是那种满足感却渐渐消失了。比如当年买个戒指，激动好长时间，先是自己去商场看好多回，然后带着父母再去看，最后好不容易定下来买了一个一千多的，回家后每天都拿出来看好多遍，梦里梦的都是金戒指；十年后，首饰盒里金银珠宝一大堆东西，可是很多一年都不戴一次，自己都觉得浪费。更可怕的是，我对逛街失去了兴趣，看着什么都觉得不需要，也没有哪件东西买回来让我激动不已，于是反而开始怀念十年前的日子，有追求真好，有盼望真好。

十年前，我讨厌自己的家乡，觉得这里贫穷落后，恨自己生不逢地，不喜欢待在家里，希望离父母远一点。十年后，我最想去的地方就是家乡，最挂念的人就是老爸老妈。清静凉爽的内蒙古是我心灵深处的温柔之乡，每隔一段时间，我必须回家看看，笑称“回故乡去吸氧”，只有回到那里，我的心才会平静下来，才能睡得格外踏实。小城这些年变化很大，到处是绿地和喷泉，比起空气污浊、人群拥挤的北京，这里更像一个世外桃源。

十年前，我在补习英语，用的是新概念第一册。十年后，我重新开始学习外语，用的是新概念第三册。十年前学英语是为了打发无聊的日子。十年后学英语是因为周游列国时的需要。可能这次目标更明确，所以学起来兴趣盎然，进步颇快。我常常在想，这么有趣的一门语言，为何当时不喜欢呢？

十年前，我染了一小撮头发，黄颜色的，立刻被领导批为异类，限时改正。十年后，满大街都是五颜六色的发型，我妈都开始染酒红色的头发了，而我反而开始喜欢黑头发。十年的时间让我明白了，自然才是美，可最能展示自然美的时间已经过去了，三十岁的我，一天不化妆，人家就会说好憔悴。十年前，在那个小城，我的标新立异是出了名的，那时恨不得200%的回头率我才开心。十年后，我期望这个世界谁都不认识我，能过点普通日子是我的梦想。只是偶尔在国外，我会突然秀一把，会梳奇怪的发型，穿奇异的服装，享受着别人的指指点点，因为那里没人认识我。

十年前，我的外公外婆和奶奶都活着，他们闲暇时刻都爱玩麻将，如今，他们一个接一个地都走了。我想念他们，有时想得心生疼生疼的，经常在梦里见到他们，然后泪湿枕巾。

十年前，我有七八个好朋友，大家天天在一起，我所有那个时代的照片中都有他们的身影。十年后，他们依旧是我最好的朋友。无论我一帆风顺，还是身处逆境，只有和她们在一起，我才敢笑也敢哭！也只有他们才热心地帮我张罗三十大寿。我常常想，有几个死党真好！

十年过去了，我更喜欢今天的自己，心态平和、脚步踏实。三十岁的女人不矫揉、不造作，那种从容和淡泊是二十岁时梦寐以求的。如果你也认为今天的我更有魅力，那么感谢过去的十年吧！感谢坎坷，感谢困难，让我涅槃之后得到如此风采。